dieFENDEL
alles von mir

D1721619

yeo one

# die FENDEL

## alles von mir

Ungekürzte Ausgabe

September 2012

ISBN 978-3-9811526-8-5 / Best.-Nr. YT 12.005
© 2012 Yeotone Thomas Bierling www.yeotone.com

Herstellung: Books on Demand GmbH, Norderstedt

Lektorat: Lisa Zenner, Thomas Bierling, Jutta Dohrmann
Umschlagfoto: Anna Schwarz
Satz und Layout: dieFENDEL

**Sie finden** in diesem Buch gesammelte Liedtexte und Zwischentexte aus den Jahren 2007 bis 2011.

Die Jahre 1989 bis 2007 habe ich bewusst ausgelassen, erstens weil das Buch sonst zu umfangreich geworden wäre, zweitens weil ich in meinen Anfängen noch sehr schlampig war und nicht alles oder nur ganz wenig gesammelt habe.

Bildmaterial von 2001 bis 2011.

dieFENDEL, Berlin 2012

## VORWORT

**nun,** das ist das Wort, das da-vor und nicht da-nach kommt

andere wiederum
schleppen sich - hinterher
verlaufen sich

Buchstaben drängeln
schupsen
sich
auf Seite

passt auf Ihr, die Ihr da-vor

kommt was nach
kann es
verändern

Jeder, jedoch, will
vor ein wort

Komisch
so ein vor-wort

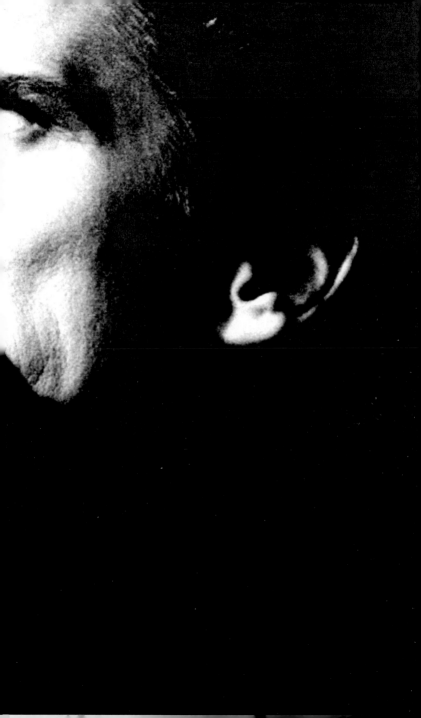

**KENNEN** Sie eigentlich das Gefühl, dass Sie morgens aufwachen, in den Spiegel schauen, und denken:
„Ach Gott, seh ich heute guuut aus. Ach Gott seh ich guuut aus."
Kennen Sie das?
Ja?

Ich nicht.

Also, wenn ich mal morgens aufwache, das passiert mir ab und zu, dann geh ich direkt am Spiegel vorbei.
So viel Elend am Morgen ertrag ich nicht.

Ja.
Ich liebe die Nacht, ich liebe den Morgen, aber ich mag den Tag nicht.
Wenn der Morgen erwacht und der Nebel in Bündnis mit Wiese vereint, dann weiß ich ganz genau, dass die Nacht vorbei ist.
Der Tag beginnt, der Mensch wird körperlich, Gewalt ändert Ihre Gestalt, aber was soll's, was geht mich das eigentlich alles an?
Nein, ich gucke nicht in den Spiegel, ich bin doch nicht blöd.
Ich versau mir doch nicht meinen Tag.
Also, lasst mich in meiner Illusion, egal wie Sie aussieht.
Aber klingt gut.

## MEHR IST MEHR

*Ich saufe und raufe*
*Wie es mir passt*
*Lass doch die Andern anders sein*
*Brauche kein Zugpferd*
*Der Hammel bin ich*

*Kauf was gefällt*
*Nur das ist heut schick*
*Denk nicht an heute an morgen und gestern*
*Lebe im Jetzt im Hier und im Nichts*

*Denn das Glück das ist das Sein*
*Im Jetzt hier dabei*
*Lebe nur einmal – will ja nicht zwei Mal*
*Denn Mehr ist doch Mehr*

*Hab keine Sorgen was Leute so denken*
*Lass mich nicht lenken*
*Lauf meinen Weg*
*Der ist dünn wie ein Steg*
*Das ist doch egal*

*Geh wohin es mir passt*
*Hab keine Hast*
*Trink niemals Wein – ja das muss nicht sein*
*Lieb wen ich will egal ob er will – oder trinkt oder stinkt oder hinkt*
*Das ist doch egal*
*Ich habe die Wahl nicht die Qual*

*Will alles wagen*
*Kämpfen und raufen*
*Und auch mal nachts um drei noch saufen*

Ordinär sein
Mehr sein noch viel Mehr sein
Alles sein
Größer sein
Leben verwegen
Entgegen der Zeit
Entdecken
Schmecken
Mich recken
und huren
nicht schnurren

Mehr sein
Entzückt sein
Verrückt sein
Tanzen mit Wanzen
Tierisch sein
Schwierig sein
Alles sein – Alles sein
Mehr sein noch viel Mehr sein

Denn ich will doch Leben alles vom Leben
Es ist viel zu kurz um nicht alles zu geben
Ja wer will denn nicht leben

Denn das Glück das ist das Sein
Im Jetzt hier dabei
Lebe nur einmal – will ja nicht zwei Mal
Denn Mehr ist doch Mehr

........................ *(CD „Tapetenwechsel" & „Jene irritierte Auster")*

**LETZTENS** habe ich doch aus Versehen, direkt nach dem Aufstehen, das tut man nicht, ich weiß, in den Spiegel geguckt.

War ganz schön ernüchternd.
Der Spiegel - welch blanke Gewalt.

Finden Sie nicht?

Wenn man zu tief hineinschaut, kann er einem die Illusion so gründlich vermiesen.
Von wegen alles liegt da, wo es hin gehört.
Da haben der Spiegel und ich eine vollkommen andere Wahrnehmung.
Spiegel sind mit Vorsicht zu genießen - sie nehmen keine Rücksicht.

Nun, egal. Das wird mir so schnell nicht nochmal passieren.

## SEHNSUCHT

*Lass mich Dich halten*
*Dass ich Dir sage*
*Ich will nur Dich*

*Nur einen Moment*
*Vermessen zu sein*
*Zu glauben*
*Für immer und ewig*

*Bleib hier*
*Bei mir*
*Nur heute Nacht*
*Wie soll ich es Dir sagen*
*Nimm mich für immer*
*Geh nicht ich will es nicht*

*Bleibst Du heut hier bei mir*
*Werd ich's Dir sagen*
*Ich brauch nur Dich*
*Ich will nur Dich*

*Verführ mich*
*Berühr mich*
*Hab mich*
*Vermiss mich*
*Ich liebe!*

*Träume*
*Werd nichts versäumen*
*Schließ Deine Augen*
*Sag's mir heut Nacht*

*Werden es tun*
*Hab Mut*
*Geh nicht*
*Verführe Dich*
*Berühre Mich*

*In Deinen Armen versinken*
*Ertrinken*
*Werd es niemals verwinden*
*Wenn Du heut gehst*

*Geh nicht von mir*
*Komm bleib hier*
*Lass uns was trinken*

*Ich werd es nicht sagen*
*Bleib hier*
*Geh nicht*
*Nur heute Nacht*

........................... *(CD „Tapetenwechsel" & „Jene irritierte Auster")*

**Trinken** kann ich ja noch ganz gut – wenn bloß diese Treppen nicht wären – und ich nicht jeden Morgen woanders aufwachen müsste.

**Manchmal** sitze ich stundenlang vor der Glotze und frage mich: Welcher Idiot schaut sich das eigentlich an?

**Es** ist besser vor dem Frühstück zu gehen. Der Kaffee könnte einem die ganze Stimmung versauen, die man sich am Abend zuvor stundenlang angetrunken hat.

**Als** ich meinen 40sten feierte, dachte ich so bei mir: Der 40ste ist doch für eine Frau der erste Todestag, ab da wird nicht mehr gelebt, ab da wird nur noch gestorben.

**Kinder** sind ja nur das Produkt Ihrer Eltern. Aber bringen Sie das mal den Eltern bei.

**Ein** Friseur kann einem das ganze Leben versauen. Finden Sie nicht? Die hohe Kunst der Balance. Nicht zu viel und nicht zu wenig.
Wär ich doch Friseuse geworden. Zukunftssicherer Job und ich hätte immer gewusst wie geschnitten werden soll.

Als Frau will man doch nicht so Null ab Fünfzig aussehen, deshalb zum Friseur. Der pure Akt der Verzweiflung.
Man will gefallen, so sehr man auch darunter leidet.

# DIE HUMMEL

Ich mag die Natur schon - irgendwie. Und der Sommer hat den Vorteil, nicht so kalt zu sein wie der Winter.
Aber der Sommer hat auch Nachteile.
Überall Tiere, die um einen herum surren, schnurren, knurren, krabbeln und einem ständig das Essen madig machen.
Zum Beispiel letztens.

Setzte sich doch eine Hummel ganz ungeniert vor mich hin, während ich aß, putzte sich den Allerwertesten, ganz selbstverständlich, streckte sich, leckte sich, wälzte sich und dachte wohl nicht eine Sekunde darüber nach, dass mich das vielleicht genieren, stören oder mir gar den Appetit verderben könnte.

Ich meine, setze ich mich einfach in die Natur und putze, strecke, lecke mich? Das mach ich doch nur, wenn keiner da ist... oder werde ich beobachtet, von den ganzen Insekten? Sie lauern hinter den Büschen mit ihren Ferngläsern, Videokameras und halten alles fest. Die nehmen das dann sogar als Schulungsmaterial für ihr Jungen.
Scheint jedenfalls so.
Von irgend jemandem müssen sich die Tierchen das ja abgeguckt haben. Ich möchte kein Vorbild sein!

Wenn Du Dich klein und unwichtig fühlst
Du Dich vergeblich abmühst
Dann suche Dir ein Herz
Und lass Dir sagen wie schön Du bist

## DAS GLÜCK

Ging ich doch letztens in ein Geschäft, und da saßen sie, die ganzen schönen Körper.

Einer schöner als der Andere. Und ich sagte zum Verkäufer:
„Geben sie mir das Jüngste, was sie haben.
Was kostet die Welt!"

Das Jüngste war mir allerdings zu alt.
Aber im Regal ganz hinten versteckt saß ein Körper, nicht ganz so schön wie die anderen Körper, auch gar nicht mein Alter, aber er wirkte so verletzlich und gleichzeitig fordernd, er lächelte mich an, und da war es um mich geschehn.
Ich nahm ihn mit.

Jetzt sitz er jeden Abend an meinem Bettende, schaut mir beim schlafen zu, singt wie eine Nachtigall, sagt kein Wort, sitzt nur da.
Und seine Augen verraten mir:
Das ist das Glück, das ich gekauft habe. Es lag einfach so im Regal rum.

Und wenn nicht der Zufall gewollt hätte, dass das Jüngste mir zu alt gewesen wäre…

## MANCHMAL WÜNSCHE ICH MIR

Manchmal wünsche ich mir
Nur ein Stück von dem Glück
So ein kleines Stück
Gar nicht groß
Nicht zu klein

Und doch soviel
Dass ich mithalten kann
Dass ich mitlaufen kann
Nicht aus der Puste komme
Lachen – weinen

Eine kleine Scheibe
Von dem Kuchen
Der so gut schmeckt

Mich nicht verlieren
In Gedanken
Die mir meine Zeit
Stehlen – mich ausnehmen
Mich leer saugen
Mich meiner Kraft
Entrauben

Manchmal wünsche ich mir
Nur ein Stück von dem Glück
Nur ein  kleines Stück
Ganz klein
Ganz winzig
Nur einmal Mein
Mein
Glück zu sein

.........................................................................(CD „Nur für Dich")

**GELEGENHEITEN** muss man ergreifen, wenn sie sich anbieten. Mitnehmen was man mitnehmen kann.

Für einen kurzen Moment die Zeit, das Alter vergessen, weil ich ja nicht mehr sicher sein kann, ob... ich morgen noch genau so aussehe wie gestern.

**ie FENDEL**

Foto: dieFENDEL 2008

## RAUCHERLIED (GENIESSEN)

*Wenn ich an Dich denke*
*Dabei mich verrenke*
*Lenke meinen Arm*
*Ganz sicher*
*Ohne nachzudenken*

*Ist es mir klar*
*Dass ich jetzt oder nie*
*Sieg*
*Hab Dich in meiner Hand*
*Lass nicht los*

*Genießen zu können*
*Das tut gut*
*Geniessen zu können*
*Das macht Mut*

*Hab Dich*
*Ganz fest*
*Ganz langsam*
*Zieh ich*
*Ach tut das gut*

*Mach mir Mut*
*Mit einer*
*Eine ist keine*
*Noch eine*

*Genießen zu können*
*Das tut gut*
*Geniessen zu können*
*Das macht Mut*

Mein Freund
In der Not
Immer bei mir

Mit Bier
Schmeckt's noch besser
Und danach
Macht's richtig Spass

Jetzt noch ein Zug
Dann ist gut

Drück sie aus
Vorsichtig
Und denke kurz
Aber nur kurz
Über die nächste nach
Denn Rauchen macht Spass

Genießen zu können
Das tut gut
Geniessen zu können
Das macht Mut

.................................................................. *(CD „Tapetenwechsel")*

*Eine sehr betrunkene Frau im Dialog mit ihrer besten Freundin*
*Monika an der Theke und ein Kellner*
*Teil 1*

**Ich krieg noch einen! Und für Monika auch** ... ne Monika .. ja, also zwei!

Monika jetzt sag mal wie lange war ich denn jetzt schon mit dem Rudi zusammen? Ja, genau, 4 Jahre. Und was macht der? Schmeißt der mich einfach raus, der Sandsack. Sausack! Nur wegen dem kleinen Techtelmechtel mit seinem angeblich besten Freund.

Sein bester Freund!!! **Sooo gut ist der nun auch wieder nicht!** Ich kann's beurteilen. Und außerdem Monika, was ist denn schon dabei? Uns Rheinländern steckt das halt im Blut. Et is wie et is, et kütt wie et kütt. So is et eben. Also kein Grund mich rauszuschmeißen!!

**Ja, zwei Doppelte, aber für mich ohne Eis.**

Was? Monika? Ich bin selber Schuld? Jetzt ist aber gut. Spinnst du? Der Rudi hat mich doch total vernachlässigt hat der mich doch. Der war doch nie zu Hause. Der war immer nur weg!

Gut, ich auch, aber das ist was anderes. Er war jedenfalls den ganzen Tag über zur Arbeit weg. Und was habe ich in der Zeit gemacht?! Hä?? Ich habe mich zu Tode gelangweilt. Ja, dann bin ich abends natürlich noch weg, ist doch klar. Und jetzt sagt er, ich sei immer weg gewesen, nur weil ich nicht da war! Dabei war er wesentlich wegger. Also wenn ich es mir genau überlege war er von uns beiden am wegsten!

Und jetzt schmeißt der mich einfach raus!

Nee Monika! Monika weisst du was? Männer sind Schweine. So! Was? Moment Monika, das verstehst du falsch. Ich bin nicht mies drauf! Ich bin NIE mies drauf! Ich bin nachdenklich, das wirkt dann halt so!

Du bist mir ja eine Freundin. Wirklich. Ja, ich **denke**, hättest du nicht gedacht was?

Siehst du, das unterscheidet mich eben von dir. Du denkst nicht! Du bist langweilig! Ja, langweilig, hässlich und doof. So! **Ja natürlich ohne Eis!**

Was? Wie? DUUU und Rudi? Sag das noch mal! DUUU mit Rudi? **Mein** Ruuudi mit Dir? Das kann doch gar nicht sein! Das würde er nie tun! Monika! **Ich** bin die Frau seines Lebens! Wie „gewesen"? Ich bin die Frau seines Lebens und ich werde es immer bleiben, verstanden!!!!!
Wie, ich bin betrunken? Bin ich nicht! Ich bin nie betrunken! Der Rudi ist immer betrunken gewesen. Deshalb hat er auch nie einen hoch gekriegt. Dieser Vergaser!
Du und Rudi !!! Dass ich nicht lache!!
Na gut, bitte schön. Ich meine, was solls, dann kriegt er jetzt halt bei dir keinen hoch!
**Jetzt kriegt er halt bei ihr keinen mehr hoch!**
Im Grunde ist es ja auch egal, bei wem er keinen mehr hoch kriegt. Dann hat sie halt jetzt die Arschkarte. Phhh, du und mein Rudi!!! Wirklich ...also...nee!
Na gut bitte, bitte schön, dann kann ich es dir ja jetzt sagen. Wo wir schon dabei sind. Ich hatte mal was mit Deinem Ex. **So! Mit ihrem Ex!**
Waaas? Das wusstest du schon ?
Waaas? Dein Ex hatte auch mal was mit Rudi!
Spinnt ihr jetzt total? Das ist ja wohl!! Ja gut, dann hatte ich eben auch mal was mit deiner Mutter. So! Was, die ist schon tot? Ach ist mir doch egal!
Puuh du und Rudi dass ich nicht lache! Wer ist denn jetzt das Schwein? Du bist mir vielleicht eine Freundin! Wirklich! Mieses Stück.
Monika, merk dir eins, den Rudi, den kriegst du NIE! Niemals! Du und Freundin.
Männer sind solche Schweine!

............................................. *(aus dem Programm „auf der Kippe")*

## EINES MORGENS

Ein Bär von einem See stand rauchend auf meiner Terrasse, ich dachte noch so, Mann so früh schon rauchen, gut gebaut, kräftig, breitbeinig, aber nicht zu viel von allem, Mütze bis zu den Augenbrauen runter gezogen und im Schlepptau sein Schiff, eine Segeldrossel, 10 Meter lang und 8 Meter breit, mit Pool auf dem Sonnendeck, eine Kratzbaum-Spielwiese im ganzen Mitteldeck für meine Katze, einen Kaffeepot in der rechten Hand für mich, ein Leckerli in der linken Hand für meine Katze, lächelte, winkte mir zu, und sagte mit einer tiefen Stimme, die mein Bootshaus vibrieren ließ und nicht nur das Wasser zum Wellen brachte:

„Na Ihr zwei, heute schon was vor?"

Ich lass mich ja nicht so schnell überreden und bin eher misstrauisch, aber als ich einen Blick auf meine Katze warf und sah, dass sie die Ohren nicht angelegt hatte, dachte ich:
„Ach… warum nicht."

## FASS MICH AN

*Fass mich an*
*Spür dabei*
*Die Leichtigkeit*
*Erlegen*
*Verwegen*
*Nicht dosiert*
*Unkontrolliert*

*Gehend nicht wissend*
*Wohin*

*Fass mich an*
*Spür dabei*
*Erregung*
*In mir*
*Geb mich auf*
*Lass fallen*
*Im endlosen Raum*

*Gehend nicht zu wissen*
*Wohin*

*Fass mich an*
*Spür dabei*
*Endlosigkeit*
*Ganz versunken*
*Schon ertrunken*
*In mir*
*Unerkannt*
*Alles geben*
*nehmen*

*Gehend nicht wissend*

*Wohin*

*Fass mich an*
*Wie im Rausch*
*Es leben*
*nimm meine Hand*
*zärtlich*
*vorsichtig*
*ängstlich*

*Gehend wissend - Wohin*

.............................................................*(CD „Nur für Dich")*

Foto: dieFENDEL 2007

**WENN** ich mich einsam fühle, ziehe ich manchmal nachts los, in der Hoffnung meine Einsamkeit zu verlieren. Und dann wache ich manchmal morgens auf und denke: „Ach, was liegt denn da so rum. Ach Gott, ist das schön.
Manchmal wach ich aber auch auf und dann denke ich: „Ach Gott ist das gestern abend wieder dumm gelaufen".
Aber, wenn ich mich ganz einsam fühle, gehe ich einfach zum Friseur.

## HÖR DOCH ENDLICH AUF

*Hör doch endlich auf*
*Zu glauben*
*Gestern war die Welt*
*Besser*
*Zu glauben*
*Alles war gut*
*Ein Glas zu heben*
*Auf Gestern*

*Hör doch endlich auf*
*Zu glauben*
*Morgen ist die Welt*
*Besser*
*Zu denken*
*Ich mach mir Mut*
*Zurück zu stehn*
*Niemals vorwärts zu gehen*

*Hör doch endlich auf*
*Zu glauben*
*Alles wird immer schlechter*
*Ein Glas zu heben*
*Auf Morgen*
*Vorwärts zu gehn*
*nicht zurück zu stehn*

*Hör doch endlich auf*
*zu denken*
*Das Glück ist nie dabei*
*Besser*
*Zu wissen*
*Das Glück*
*Kennt keine Zeit*

*Nur diesen Moment*
*Diesen kurzen Moment*
*Leben*
*sich bewegen*
*Über Gedanken*

*Das Glück kennt nur Sekunden*
*Der Rest ist Warteraum*

........................................................................*(CD „Nur für Dich")*

## ERINNERUNGEN

Am Wasser...wo sonst.

Die Sonne auf unsere Bäuche schien… Deiner nahm mir ein wenig die Sonne für meinen, aber in solchen Momenten spielt das keine Rolle.

Ich drückte mich an Deinen, denn die Sonne ging hinter den Bäumen schon langsam ins Bett.

Möwengeschrei, klang wie Beethovens Mondscheinsonate in meinen Ohren. Das Wasser schon gefährlich nah, Nebelschwalben legten sich über das Wasser.

Du sagtest etwas wie: „Mir ist kalt", und legtest Dich auf mich.

In den Sand gedrückt, immer noch Beethovens Mondscheinsonate in den Ohren, rang ich nach Luft.

Nein, nicht Du, es war das Wasser, was mir kurz die Luft abschnürte. Denn mittlerweile lagen wir auf dem Wasser.

Ein Fischlein hier, eine Qualle dort, wir bekamen gar nichts mehr mit. Abwechselnd rangen wir nach Luft.

Wir waren auch so vereint, dass wir gar nicht mitbekamen, dass wir inzwischen auf hoher See waren.

Wellen schlugen Meterhoch, aus kleinen Fischen wurden Haie, Delphine, Wale.

Mann, in Natura sind die noch viel größer.

Aber das war alles egal, wir liebten uns unaufhörlich, ineinander, aufeinander, nebeneinander...einander halt.

Ein Schiff kam vorbei und die Matrosen an Deck riefen uns zu: „Toll"

Wie aufmerksam. Wie hilfsbereit.

„Wie weit ist es bis zum nächsten Strand?", rief ich noch.

Doch keiner hörte uns, das Meer war zu wild, genau wie wir. Das Schiff verschwand im Dunst des Nebels, der sich über das Wasser gelegt hatte. Halt mich einfach fest, dann kann uns nichts passieren.

## KOMMST

*Halt mich fest*
*Ganz fest*
*Lass nicht los*
*Das wär doof*

*Steh nicht auf*
*Bleib liegen*
*Trink ein Bier*
*Vorweg vorweg*

*Nimm mich*
*Drück mich*
*Fiii....fühle*
*Begehre mich*
*Entleere Dich*

*Kommst Du werd ich es spüren*
*Kommst Du bei meiner Berührung*
*Kommst in meinen Armen*
*Kommst*

*Zwischen Beinen*
*Keine Weile*
*Will*
*Kann gar nicht anders*
*Greif zu*
*Tu*
*Hab*
*Ich will kommen*

*Gleich ist es vorbei - was für ein Scheiß*

*Die Zigarette danach*
*Wunderbar*

*Lieg im Bett wach*
*Hab mich ertappt*
*Gut*

*Kann's halt nicht lassen*
*mich anzufassen*

*(CD „Tapetenwechsel" & „Jene irritierte Auster" & „Nur für Dich")*

**JEDER** kann alt werden, der lang genug lebt.

Alles was Spaß macht, hält jung.

Wenn ich meinen Faltenwurf im Gesicht als künstlerische Drapierung betrachte, kann ich das Alter leichter ertragen.

Mit zunehmendem Alter werd ich nicht klug, mir ist nur klar, dass andere das auch nicht sind.

Mal unter uns gesagt, alt werden ist nicht schlimm, es ist GRAUSAM!

Tja.

Foto: dieFENDEL 2005

## MISSVERSTÄNDNIS

*Solltest Du mal nicht mehr weiter wissen*
*Dein unruhiges und schlechtes Gewissen*
*Beruhigen oder gar vertrösten*
*Kannst Dich nicht einfach davon lösen*

*Geh doch einfach mal durch die Wälder*
*Lass den Zaun doch auch mal Baum sein*
*Lass Wasser mal fließen wohin es auch will*
*Denn eins ist doch klar*

*Das ganze Leben*
*Ist ein Missverständnis*
*Das ganze Leben*
*Besteht nur aus Missverständnis*
*So ist das Leben - das Leben*
*Lass es doch Leben*
*Es gibt keine Ewigkeit*

*Solltest Du mal nicht mehr weiter wissen*
*Dein krankes und dummes Gewissen*
*Nicht einfach abschalten können*
*Dann denk daran, da hilft nur eins*

*Geh ganz einfach raus auf die Strasse*
*Lass Dich doch einfach mal überfahren*
*Liebe den Morgen und lass doch die Sorgen sein*
*Denn eines ist klar*

*Das ganze Leben*
*Ist ein Missverständnis*
*Das ganze Leben*
*Besteht nur aus Missverständnis*

So ist das Leben - das Leben
Lass es doch Leben
Es gibt keine Ewigkeit

Solltest Du mal nicht mehr weiter wissen
Dein Gehirn ist schon voll geschissen
Dann leg es ab – lass es los –
Na siehste, es geht doch schon

Geh doch einfach mal  auf die Barrikade
Kannst da alles alles entladen
Schlag rein und schlag mal drauf
Und Du bist ...du bist oben auf
Denn das, das ist doch klar

Das ganze Leben
Ist ein Missverständnis
Das ganze Leben
Besteht nur aus Missverständnis
So ist das Leben- das Leben
Lass es doch Leben
Es gibt keine Ewigkeit
Es gibt keine Ewigkeit
Es gibt keine Ewigkeit

.................................................................. *(CD „techno chanson")*

*Eine betrunkene Frau im Dialog mit ihrer besten Freundin Moni-
ka an der Theke und ein Kellner*
*Teil 2*

Monika. Monika es ist so schlimm. Weißt du, was heute in zwei
Wochen ist? Heute in zwei Wochen auf den Tag genau? Na? Ja,
mein Geburtstag! **Mein Geburtstag!** Und weißt du wie alt ich
werde? Ja 40!!! 40 das ist verdammt hart. Ich meine, Geburtstage
sind immer hart, aber für eine Frau ist der 40ste doch der erste
Todestag. Ab da wird nicht mehr gelebt, ab da wird nur noch
gestorben!
**Ja, für mich ohne Eis!**

Weißt du was Monika, ich werde diesen verfluchten Todestag
igonorieren! Ich werde mich in diesen Geburtstodestag hin-
einbetrinken. Wenn schon tot, dann richtig tot. Und ich tue das
nicht nur für mich Monika! Das mache ich für alle Frauen über 39
und das sind verdammt viele! Für diese Frauen trinke ich!
Mein ganzes Leben wird sich verändern. Die Männer werden
mich nicht mal mehr anschauen, geschweige denn anfassen. Die
fahren doch auf das junge Gemüse ab, schrumpelfrei und ohne
Zelluleutitis! Männer sind solche Schweine!

Aber du weißt ja wie das ist, du hast es ja schon hinter dir.
Das Leben ist so gemein. Weißt du was Monika? Männer werden
immer aktacktriver je älter sie werden. Ja, die sind sogar stolz auf
ihre Falten und Furchen! Und das Verrückte ist, wir Frauen fahren
auf solche Falten auch noch ab, weil sie so männlich sind. Aber
Monika ich will nicht männlich sein!

**Sag mal, du ganz ehrlich, seh ich schon aus wie 40?** Nee ne?
Siehste Monika ich sehe noch nicht aus wie 40? Kürzlich hat sogar einer zu mir gesagt, ich sehe aus wie Uschi Glas mit 18, der
hat doch recht. Monika? Oder? Oder hat der mich angelogen,
nur damit ich mich für ihn flachlege?

Schön war das nicht, das kann ich dir sagen. Aber wenn einer zu dir sagt du siehst aus wie Uschi Glas mit 18, das haut dich um, da liegst du flach.

Nur das ist jetzt vorbei, dann sehe ich so aus wie du: Faltig, Fett, die Brüste hängen. Das kann man zum Glück von meinen noch nicht sagen.
WAS!!?? Sag mal!! Spinnst du? Du Giftkröte, das stimmt nicht. Das sind Lachfalten, weil es mir gut geht, weil ich fröhlich bin, weil ich ein aufgeschlossener Mensch bin. Das sind Lachfalten keine SCHMOLLFALTEN, die hast du vielleicht am Arsch...ja am Arsch.
Woher ich das wissen will?
Tja, frag doch mal den Rudi? Der kennt sich schließlich aus mit deiner Topopographie. Und inzwischen ist doch die ganze Stadt über Deinen Zelluloidarsch informiert.

Monika merk dir eins: Die äußeren Werte zählen, ganz allein die Äußeren! Oder waren es die Inneren? Ach ist doch egal, du hast ja weder äußere noch innere, du hast Zelluritis, du bist älter und du bist neidisch!
Frauen sind immer neidisch!! Neidisch, giftig und hässlich!
Frauen sind solche Schweine!
.......................................... *(aus dem Programm „auf der Kippe")*

## WENN DU WEG BIST

*Wenn Du weg bist*
*Fühl ich mich ganz leer*
*Kann nichts mehr denken*
*Mein Kopf wird ganz schwer*

*Wenn Du weg bist*
*Verlier ich mich*
*Finde mich nicht*
*Mein Kopf ist ganz schwer*

*Wenn du weg bist*
*Ist nichts mehr da*
*Ist es wahr*
*Wird es mir klar*
*Mein Kopf ist so leer*

*Wenn Du weg bist*
*Kann ich nicht mehr*
*Will ich nicht mehr*
*Mein Kopf hat es schwer*

*Wenn Du weg bist*
*Trinke ich mehr*
*Schlaf ich nicht mehr*
*Mein Kopf dreht sich mehr*

*Bleib bei mir*
*Geh nicht fort von mir*

..................................................................... *(CD „meine lieder")*

**LASS** mich träumen von dem Glück
Lass mich träumen von den Nächten
Küsse saftig überall zu spüren

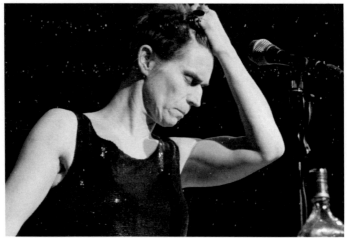

Foto: Bettina Hahn 2011

*ICH* will nicht
Ich kann nicht
Ich darf nicht

Doch das ist völlig egal
Das ist mir so was von egal
Man kann mich mal
Von vorne
Von hinten
Wie auch immer
Schlimmer
Geht immer

Liebe zu viel
vermisse nie
Mache was ich will
So Gott will
Wenn ich kann

Hab keine Lust
Fresse Frust
Bekomm dann wieder Lust
Auf Dich
Auf mich
Auf alles was ich will
Lassen
Ich sollte es lassen

Mach doch was Du willst
Nur mach es bald

Mach doch was Du willst
Nur mach es mit mir

2011 - Zeichner unbekannt

## GIB ALLES

*Wenn Du morgens aufwachst*
*Ist die Sonne noch lang nicht aufgegangen*
*Doch kümmer Dich nicht darum*
*Du wirst vor ihr noch schlafen*

*Wenn Du nachts unterwegs bist*
*Ist der Mond noch lange nicht untergegangen*
*Doch glaub dabei an Dich*
*Du wirst die Einsamkeit schon verlieren*

*Gib alles und gib niemals zu wenig*
*Gib alles, doch versprich dabei nichts*
*Gib alles, doch gib niemals zu wenig*
*Und bleib Dir dabei treu*

*Wenn Du Probleme hast*
*Du meinst, dass Du sie lösen kannst*
*Lass sie einfach los*
*Die Sonne ist noch nicht aufgegangen*

*Wenn Du verliebt bist*
*Du glaubst, das Glück gefunden zu haben*
*Mach Dir doch nichts vor*
*Der Mond ist noch nicht untergegangen*

*Wenn Du Dich klein und unwichtig fühlst*
*Du Dich vergeblich abmühst*
*Dann suche Dir ein Herz*
*Und lass Dir sagen wie schön Du bist*

*Wenn die Sonne gestorben ist*
*Und der Mond abgestürzt*
*Nimm Dir die Venus, den Mars,*
*Die Sterne und glaub an Deinen Sieg* .............*(CD „meine lieder")*

**LIEG** wach in meinem Zimmer
Von Gedanken gequält
Gestern war auch so ein Tag
Was war eigentlich heute?
Was wird Morgen gewesen sein?

Lümmel rum, geh von rechts nach links, frag mich, ob gestern nicht heute und heute nicht schon morgen war. Vorgestern ist schon Vergangenheit und Übermorgen geht auch vorbei.

Und frage mich: Wo kommt es her, wo geht es hin, wo bleibt das Jetzt, wenn man die Fenster nicht aufmacht?

## WENN ICH NICHT SCHLAFEN KANN

*Wenn ich nicht schlafen kann*
*Mich wälze*
*Mich drehe*
*Lauf durch mein Zimmer*
*Immer wieder*
*Hoch und runter*

*Wenn ich nicht schlafen kann*
*Meine Gedanken*
*Sich wälzen*
*Sich drehen*
*In meinem Zimmer*
*Immer wieder*
*Kann ich nicht schlafen*

*Kann ich nicht schlafen*
*Weil meine Ängste*
*Mich wälzen*
*Mich drehen*
*Immer wieder*

*Kann ich nicht schlafen*
*Und will doch*
*Nur schlafen*

**..........................................*(CD „Tapetenwechsel" & „Nur für Dich")***

## NIEMALS

*Das ist alles was ich habe*
*das hier und sonst nichts*
*werd doch nicht kriechen vor Dir*
*mich aufgeben*
*Deinen Segen*
*mich zu mögen*
*akzeptieren*

*Nein das werd ich nicht - niemals*

*Willst Du mir alles nehmen*
*hab doch schon alles gegeben*
*hast mich ausgesaugt*
*mich ausgeraubt*
*soll mich aufgeben*
*Deinen Segen*
*mich zu lieben*
*akzeptieren*

*Nein das werd ich nicht - niemals*

*Soll meinen Namen vergessen*
*stattdessen*
*Dein Gewissen beruhigen*
*Dich bewundern*
*mich verlieren*
*Deinen Segen*
*mich zu mögen*
*akzeptieren*

*Nein das will ich nicht - niemals*

*Doch*
*Sekunden aufrunden*
*weinen lachen*
*schweben und wühlen*
*suchen und finden*
*geben und nehmen*
*frei sein in mir*

*Deinen Segen mich zu lieben ausradiern*

*..............................................................(CD „Nur für Dich")*

*Eine betrunkene Frau im Dialog mit ihrer besten Freundin Moni-*
*ka an der Theke und ein Kellner*
*Teil 3*


**Ja, natürlich ohne Eis.** Oh nee, bitte, Monika, jetzt fang doch nicht schon wieder damit an!

Das mit Peter ist halt passiert. Mir ging es halt nicht gut. Außerdem hat er gesagt, das wär okay für dich. Mensch Monika. Woher sollte ich denn wissen, dass er mich anlügt?

Woher sollte ich das denn wissen? Ich war doch so allein. Mir ging es total beschissen.

Ach jetzt komm mir nicht so!! Ich habe dir gesagt, ich trinke weil ich grad etwas depressiv bin. Das hat mir mein Therapeut auch bestätigt.

Was? Ach Monika. Das ist doch Quatsch!

Ich will dir Deinen Peter doch nicht wegnehmen - Pfff Peter .. He Moni, Schwamm drüber. Das musst du rheinländisch nehmen mit Humor!! Et is wie et is. Et kütt wie et kütt. So is et eben. Komm lass uns noch was trinken und dann ist die Sache vergessen.

**En Doppelten .. Zwei Doppelte!**
Monika ich sage dir, es gibt so viele Männer. Die liegen wie Sand am Meer an der Theke. Außerdem habt ihr sowieso nicht so richtig zusammen gepasst.

Jetzt fang bloß nicht an zu heulen. **Jetzt heult die!**

Ich ertrage das nicht wenn jemand heult, dann bekomme ich wieder Depressionen und dann muss ich noch mehr trinken. Und das schaffe ich jetzt nicht mehr.

Monika, Männer sind eben Schweine! **Ne!?**

Was? Wie bitte? Sag das noch mal! Du bist schwanger? Hey Monika ist schwanger – ne Runde für alle ! Hey super! Glückwunsch. Du, der Peter hätte mir aber auch was sagen können, dann hätte ich nie, niemals ehrlich Monika ... das Schwein!

Was? Ach, es ist gar nicht von Peter? Was? Von wem? Vom Rudi?!!!
Von **meinem** Rudi??? Dein Kind ist von meinem ...Willst du mich
jetzt verarschen oder was?
Der weiß doch gar nicht wie das geht! Das Schwein! Du mieses
Stück, ich hab dir gesagt, lass die Finger von meinem Rudi. Das
werde ich sofort Deinem Peter erzählen.
Was? Peter weiß das schon? **Der weiss das schon?** Von wem?
Vom Rudi? Dieses Schwein!
Was? Und Peter will das Kind adoptieren? Und Rudi will sogar
Patenonkel werden?
Ja Moment, aber er ist doch schon der Vater .. dann wäre ja der
wirkliche Vater nur der scheinbare Onkel und der wirkliche On-
kel ist dann der angebliche Vater? Und dann bist du als Mutter ...
ist sie ja dann als Frau des Onkels die Tante von Ihrem eigenen
Kind?
Und für dich ist das in Ordnung so?
**Für Euch alle ist das OK?**

Und von wem werde ich jetzt schwanger?
Ja, natürlich wollte ich schon immer schwanger sein!
Aber Rudi hat ja keinen hoch gekriegt und dein komischer Peter
hat nicht mitgemacht. Er hat jedesmal abgebrochen. Koitus In-
terruptus verstehst du?
Er ist rein, wieder raus und dann ist er gekommen, aber halt nicht
drin sondern draußen. Bei dem einen geht gar nix, der kommt
nicht, weil er nicht kann, der andere geht viel zu früh, weil er zu
schnell da ist. Ich bin immer die Verarschte.

Ach ihr kotzt mich alle an!

............................................. *(aus dem Programm „auf der Kippe")*

## NUR FÜR DICH

*Alles vergeben*
*Anders zu reden*
*In der Erwartung*
*Dass Luft*
*Stehen bleibt*

*Atmen zu wollen*
*Mit Dir*
*Ohnmächtig*
*Zu entdecken*
*Was schmeckt*

*Riechen und essen*
*Delikatessen*
*Du denkst, Du stehst*
*Liegst stattdessen*
*Ahnungslos*
*In Vergessenheit*
*Zu kommen*

*Gerätst Du außer Dir*
*Doch gemeinsam*
*Unaufhaltsam, weiter*
*Immer weiter*
*Nur mit Dir*

*Alles was ich tun werde*
*Alles was ich denken sollte*
*Tu ich nur für Dich*

*Alles was ich tun werde*
*Alles was ich denken sollte*
*Tu ich nur für Dich - Vergiss das nicht*

*Leg Deinen Arm*
*Um mich*
*Und denk daran*
*Dass der Moment*
*Unvergesslich*
*Unbestechlich*
*Ewig*
*Niemals enden*

*Doch das Glück kennt nur Sekunden - Vergiss das nicht*

*Alles was ich tun werde*
*Alles was ich denken sollte*
*Tu ich nur für Dich - Vergiss das nicht*

*...........................................................(CD „Nur für Dich")*

**HAT** mich doch letztens tatsächlich einer gefragt, warum ich keine Kinder habe.

Was für eine Frage.

Natürlich weil Katzen einfach praktischer sind.

Sind billiger im Unterhalt, liegen einem später nicht auf der Tasche, und bei einer Hauskatze weiß man immer, wo sie ist, da spart man Handykosten.

So ganz allein sein im Alter will ich ja auch nicht.

Woran ich merke, dass die Zeit so schnell vergeht?

An den Zigaretten, glaube ich.

Das Alter, es lässt nicht locker, und steht jedesmal vor einem, und fordert eine Entscheidung. Ich kann mich dem auch gar nicht entziehen, überall wo ich hinkomme, Entscheidungen.

Die Entscheidung ist einfach ein „mieses" kleines Ding.

Hinter jedem Regal lauert es. In jedem Zimmer lungert es rum, sitz irgendwo in der Ecke, und ehe man sich versieht - zack.

Hab ich wieder eine Entscheidung am Hals.

Ich mag sie nicht, immer muss ich sie treffen.

Egal wo ich hingehe.

Man sollte ihr aus dem Weg gehen.

Komplett ignorieren.

Weggucken, so tun als ob sie nicht da wär.

Einfach Tatsachen schaffen.

## ALLES VON MIR

*Nimm meinen Fuß*
*Nimm meine Hand*
*Nimm meinen Bauch*

*Bist Du dort*
*Bin ich hier*
*Du mich auch*

*Fühl mich gefesselt*
*Bin wie im Rausch*
*Alles von mir*

*Will es Dir geben*
*Kannst es Dir nehmen*
*Es gehört Dir*

*Nimm meinen Kopf*
*Nimm meine Hand*
*Nimm meinen Bauch*

*Bin ich hier*
*Bist du dort*
*Ich Dich auch*

*Willst Du mich haben*
*Musst Du nicht fragen*
*Ich will es auch*

*Kannst es Dir nehmen*
*Ich kann es geben*
*Alles von mir*

*Nimm meinen Arm,*
*Nimm meine Hand,*
*Nimm meinen Bauch*

*Bist du da*
*Sag ich ja*
*Ich will es doch auch*

*Will nicht fragen*
*Mich nicht beklagen*
*Dich nur haben*

*Bleib nur hier*
*Tief in mir*
*Alles von mir*
*Alles von mir*
*Alles von Dir*
*Alles von Dir, alles von mir, - ALLES*

.................................................................... *(CD „Nur für Dich")*

Ach Monika, weißt du was? Das Leben ist schön. Sooo schön! Ach ist das Leben schön. Was? Wie ich darauf komme? Hey, es ist einfach schön.

Guck mal - wenn morgens die Sonne aufgeht – und wenn die Sonne abends wieder untergeht? Das ist doch schön. Ja, Monika du hast ja Recht, ich bin heute etwas philolosophistisch. Aber jetzt dieser Moment, wo wir so zusammensitzen und philosophieren, das ist doch schön!?

Ach Monika, das Leben ist einfach zu schön, um sich immer nur aufzuregen. Man sollte alles viel rheinländischer nehmen. Et is wie et iss! .. so isset und et is schön wie et is!

Monika weißt du was? Ich mag dich. **Einen Doppelten für meine Freundin Moni!**

Ja, ich mag dich, ich mag Rudi, ich mag Peter, ich mag euch alle. **Ja ich mag auch .. mit Eis!** Nein, Monika, das sag ich nicht einfach so – ich meine das sogar so. Das Leben ist doch so schön. Du bist auch schön, ich auch, ihr auch, einfach alles ist schön! Wißt ihr was, lasst uns einen trinken! Lass uns einen trinken, einen trinken auf alle Schweine dieser Welt!

Ja, Schweine sind auch schön. Es gibt wunderschöne Schweine! Meine Güte! Wie gern wär ich ein schönes Schwein!

Schwein sein oder kein Schwein sein, das ist doch keine Frage, das ist die Wahrheit, die wahre Wahrheit! Und die wahre Wahrheit ist ein schönes Schwein, ein wunderschönes Schwein!

Mein Gott ist mir heute philosophistisch.

Mir geht es wie Kant! Immanuel Kant. Was Monika?! Du kennst Kant nicht? Sie kennt Kant nicht! Ich kenne Kant! Kant ist bekannt! Kant kannte die Erkenntnis. Kant hat bekanntlich erkannt, dass die Erkenntnis das Ergebnis des Erkennens ist! Verstehst Du?!

Wer in sich den Kant erkennt, hat sich selbst erkannt. Ach Gott ist das Leben schön.

Was? Du bist wieder mit Peter zusammen?
Das ist doch schön für dich. Wie? Und mit Rudi bist du aber auch noch zusammen? Dann seid ihr jetzt zu dritt? Aber Rudi und der Peter sind doch… ach die sind auch wieder zusammen.
**Die sind auch wieder zusammen?**
Aber Moment: Dann ist der Rudi mit Monika und die Monika mit Peter und Peter mit Rudi, dann sind die ja zu sechst?

Menschen sind Schweine!

.............................................. *(aus dem Programm „auf der Kippe")*

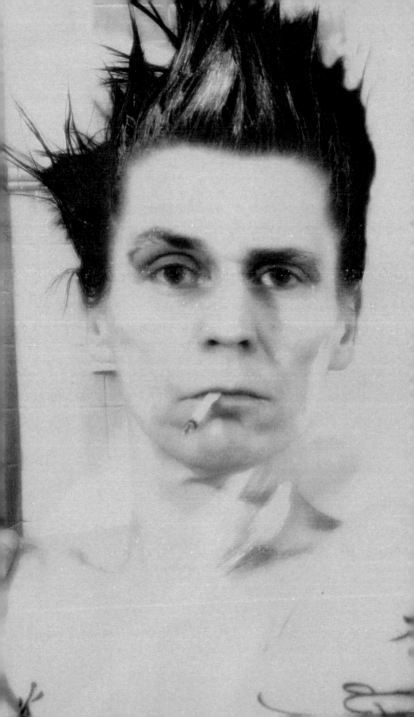

## LASS MICH TRÄUMEN

*kaum gelebt*
*viel zu schwach*
*fühle ich mich*
*in dieser nacht*
*mit dir*

*kann dich nicht halten*
*verlier dich so schnell*
*erwache*
*will nicht aufwachen*

*lass mich träumen*
*weck mich nicht auf*
*denn nur in dir*
*denn nur mit dir*
*träume ich diesen traum*

*weit weg*
*und doch ganz nah*
*bei dir mit dir*
*will weinen*
*weine in dir*

*nimm mich heute*
*hab mich jetzt*
*ganz nah in dir*
*liege ich auf dir*

*lass mich träumen*
*weck mich nicht auf*
*denn nur in dir*
*denn nur mit dir*
*träume ich diesen traum*

*finde dich*
*will nur dich*
*nehme dich*
*wo bin ich bloß*
*gedankenlos*
*lass ich los*

*lass mich träumen*
*weck mich nicht auf*
*denn nur in dir*
*denn nur mit dir*
*träume ich diesen traum*

*wühle in deinen gefühlen*
*verliere dich*
*finde nichts*
*weck mich nicht auf*
*lass mir den traum*
*den ich träum*
*nicht vom allein sein*
*nur vom dabei sein*

........................................................... *(CD „Nur für Dich")*

Foto: dieFENDEL 2006

## ERINNERUNGEN

Am Strand, wo sonst...
19 hundert...und noch irgend was.
Da lagst Du im schneeweißen Sand, Du mein Halbgott, nass vom Schweiß deiner Taten. Die kleinen Sandkrümmelchen, die ich versuchte wegzupusten. Wo sie überall lagen. Und es gelang mir nicht. Denn sie waren ja nass. Ich Dummerchen.

Aber das war alles nicht wichtig in diesem Moment.

Das Wasser plätscherte in regelmäßigen Abständen mal gegen meine, mal deine Fußsohle und ehe wir uns versahen, war die Flut da.

Aber das war alles nicht wichtig in diesem Moment.

Du nahmst mich auf Deine starken Arme, trugst mich wie eine Feder an einen sicheren Ort. Und da lagen wir, wie zwei zarte, verletzliche Gänseblümchen.
Du das Blümchen, ich die Gans.
Oder war es umgekehrt?

Ach das war alles nicht wichtig in diesem Moment.

Sehnsucht in mir. Sehnsucht nach Dir.
Ich konnte gar nicht genug von Dir kriegen. Oder Du von mir?
Wellen erzählten uns ein Lied. Möwen lachten uns aus.
Dachten wohl auch: Mein Gott, was sind das für zwei Trottel, glauben an die Ewigkeit. Ich glaubte an den Himmel, der über mir war, so klar so rein und wild.
So wie Du.
Wir sprachen kein Wort. Worte verfälschen die Realität.
Schweig, mein Torso.

Foto: dieFENDEL 2005

## JA DIE LIEBE

Sie spielt schon manchmal ein schlimmes Spiel mit uns.
Hin und her ist man gerissen, und am Ende ganz verschlissen.
Einfach mitnehmen, was man mitnehmen kann und nicht darüber nachdenken, ob es für die Ewigkeit ist.

Ewigkeit ist so langweilig wie Fernsehen.

Jetzt, hier und nicht woanders.

## NICHT SPRECHEN

*Nicht sprechen!*
*Sei still*
*Sei hier*
*Mach das, was ich nicht sagen würde*

*Nein nicht sprechen*
*Nichts versprechen*
*Lüg mich an*
*Nein nicht sprechen*
*Nichts versprechen*
*Gib Dich mir*

*Halt mich still*
*Nur diese Nacht*
*Verliere Dich in mir*
*Ahnungslos*
*Gnadenlos*
*Zerfließe ich in Dir*
*Wir sind uns nah*
*Atemlos*
*Hör jetzt nicht auf*
*Beseelt und berauscht*

*Es ist gut*
*Es tut so gut*
*Einfach spüren*
*Zu verführen*
*Dich*
*Und mich*
*Spann die Segel*
*Nimm mich mit*
*Sage nichts*

*Lass mich träumen*
*Lass mich fliegen*
*Wenn ich falle, spür ich mich*

*Nein nicht sprechen...*

*Meine Seele*
*Die Dich ruft*
*Nimm mich, sei Du*

*Wach niemals auf*
*Gib keine Ruh*
*Sei ein Teil von mir*

*Lass mich glauben*
*Lass mich fühlen*
*Mich verführen, Dich zu spüren*

*Nein nicht sprechen*
*Nichts versprechen*
*Lüg mich an*

*Nein nicht sprechen*
*Nichts versprechen*
*Gib Dich mir*

*Sei jetzt still! Sei bitte still!*
*Und gib Dich mir! Gib Dich mir! Gib Dich mir!*

*.......................................... (CD „Tapetenwechsel" & „meine lieder")*

Foto: dieFENDEL 2006

## MANCHMAL

*Manchmal da geht es mir nicht gut*
*Da mache ich mir Mut*
*Da glaube ich an nichts*
*Manchmal da fühle ich mich nicht*

*Manchmal komm ich mit allem klar*
*Ist alles wunderbar*
*Bin ich einfach blind*
*Manchmal bin ich wie ein Kind*

*Geht's Dir nicht auch so*
*Willst Du nicht auch so*
*Einmal verrückt sein*
*Einmal entzückt sein*
*Einfach nur manchmal*

*Manchmal bleibt mir nichts von mir*
*Hab ich keine Wahl*
*Fühle ich mich leer*
*Manchmal mag ich mich nicht mehr*

*Manchmal kommt der Tag danach*
*Wird mir alles klar*
*Sehe ich ein Licht*
*Manchmal verliere ich mich nicht*

*Geht's Dir nicht auch so*
*Willst Du nicht auch so*
*Einmal verrückt sein*
*Einmal entzückt sein*
*Einfach nur manchmal*

*Manchmal vergess ich meine Pflicht*
*Verliere ich mein Ziel*
*Hab ich viele Sorgen*
*Manchmal denk ich nur an Morgen*

*Manchmal will ich einfach fliehn*
*Mach mir nix daraus*
*Will ich nur noch weg*
*Und manchmal bin ich in mir zu Haus*

*Geht's Dir nicht auch so*
*Willst Du nicht auch so*
*Einmal verrückt sein*
*Einmal entzückt sein*

*Einfach nur manchmal*

*..................................... (CD „Tapetenwechsel" & „meine lieder")*

## ES IST SCHON SPÄT

*Es ist spät*
*Doch keine Zeit*
*Um schlafen zu gehen*

*Es ist zu früh*
*Um auseinander zu gehn*
*Bleib und trink mit mir*

*Ich erzähl noch was*
*Nichts Wichtiges*
*und bestimmt nicht das Richtige*

*Komm rauch die letzte Zigarette mit mir*
*Lass es nicht die letzte sein für immer*
*Versprich es mir*

*Es ist schon so spät*
*Was wird aus mir*
*Doch heut gehör ich Dir*

*Es ist noch so früh*
*Sich zu entscheiden*
*Komm trink noch was mit mir*

*Ich erzähl Dir noch was*
*Nichts Wichtiges*
*Und bestimmt nicht das Richtige*

*Komm rauch die letzte Zigarette mit mir*
*Lass es nicht die letzte sein für immer*
*Versprich es mir*

*Es ist viel zu spät*
*Hör Deine Stimme*
*Verwirrt nicht genau*

*Es ist schon morgen*
*Lass meine Sorgen*
*Die Nacht ist vorbei - alles vergeht*

*Komm erzähl mir was*
*Nichts Wichtiges*
*Es ist zu früh um schlafen zu gehn*

*Rauch die letzte Zigarette mit mir*
*Lass es nicht die letzte sein für immer*
*Versprich es mir, denn heut gehör ich Dir - Jetzt und hier*

..........................................................*(CD „Nur für Dich")*

**ÖFFNEST** Tore
gehst hindurch
bist woanders
und alles, was Du je geliebt
und alles, was Du je gehasst
und alles, was Du je gedacht
ist verflogen
ist Vergangenheit
ohne vergangen zu sein

wirst einatmen
ohne auszuatmen
und doch atmen

eine andere Welt
in einer anderen Welt

lässt zurück
was Du liebst
lässt zurück
was Dir Angst gemacht

lebst weiter
jedoch nicht im Hier

## WO DU JETZT HINGEHST WEISS ICH NICHT

*In Deinen Augen*
*Seh ich Trauer*
*Wo Du jetzt hingehst*
*Weiß ich nicht*
*Doch ganz bestimmt*
*Sicherlich*
*Nicht weit von mir*

*Wo Du auch sein wirst*
*Du bleibst hier*
*Im Herzen*
*Fest*
*Bei mir*

*Seh Dein Gesicht*
*Das lacht*
*Zerbricht*
*Verloren - leer*
*Und kann nicht mehr*

*Doch hier*
*In mir*
*Seh ich Dein Gesicht*
*Voll Freude*
*Glück und auch*
*Entzückt*
*Heitert mich auf*
*Und spricht*
*Vom Leben*
*Würd Dir meins geben*
*Hätt ich zwei*

*In Deinen Augen*
*Seh ich nichts*
*Wo Du jetzt hingehst*
*Weiß ich nicht*

*Doch sicherlich*
*Nicht weit weg von mir*
*Und bleibt doch hier*
*Mein Leben lang*
*Dein lächelndes Gesicht*

...............................................................*(CD „Nur für Dich")*

## DIE SPINNE

Immer, aber auch wirklich immer, sitzt doch die Spinne in der falschen Ecke.
Während in einer anderen Ecke, Mücken, Bienen und Wespen freudig um mich herum surren, sitzt die Spinne, gelangweilt, wahrscheinlich nicht verstehend, warum es so öde ist, in der anderen Ecke.

Warum?

Ein Zimmer hat doch vier Ecken? Wär ich eine Spinne, würde ich in jeder Ecke ein Spinnennetz bauen. In jeder! So könnte mir nichts, aber auch gar nichts entwischen.
Doch es gibt ja nicht nur die Ecken, es gibt Wände, Decken, Türen, Fenster. Daher würde ich einfach alles, aber wirklich alles zuspinnen.

Andererseits würde ich mir das als Mensch natürlich nicht gefallen lassen. Würde ich das Netz, das große, gigantische Netz nicht zerstören?

Ja. Würde ich.

Also bleib in Deiner Ecke, Du schlaue Spinne.

**ACH,** ich mag den Sommer, diese ganzen Körper, die an einem vorüberziehen und rufen „Fass mich an".

Gut, es gibt Ausnahmen und im Winter braucht man viel Phantasie. Aber auch im Winter höre ich die Körper unter der dicken Jacke schreien: Fass mich an.

Gut, jeden Körper muss man nicht anfassen. Und vielleicht sollte man seine ärgerlichen Altersveränderungen auch nicht unbedingt in die Öffentlichkeit tragen.

Vielleicht sollte man sich ein Vorbild an Marlene Dietrich nehmen und sich rechtzeitig wegsperren.

Ich denke schon, es wäre besser, wenn man das täte.

Wenn ich so durch die Straßen laufe...

Gut, manche Menschen sind einfach nur ein Opfer ihrer Ausstrahlung, egal wie alt sie sind.

Und die Jugend, die fühlt sich immer gleich angepisst, wenn man über das Morgen sprechen will.

Dabei hat SIE noch so viel auszuhalten.

Kam da einer, letztens, und sagte „Ich liebe Dich, ich liebe Dich, ich liebe Dich..." sagte ich zu ihm „Das kann doch gar nicht sein. Sagte er: „Stimmt". Und ging.

Warum muss ich immer so verdammt realistisch sein. Ich blöde Kuh.

## DIE NATUR

Als Kind brachte ich das Wort immer nur in Verbindung mit:
Durch den Wald spazieren und Oma stützen.
Rehe anschauen und Wildschweine füttern, auch wenn es verboten war.
Heute weiss ich, dass Natur noch mehr ist.
Durch den Wald laufen und Pilze suchen.

## DIE ZUKUNFT

*Was soll ich mir wünschen*
*Für die Zukunft*
*Das, was ich will*

*Ich weiß nicht, wie es wird*
*Doch bestimmt nicht so*
*Wie ich es mir wünschen werde*

*Werde alles anders machen*
*Werde es erleben*
*Laufe dann noch schneller*
*Weil die Zeit im Keller*

*Die Zukunft steht vor meiner Tür*
*Was kann denn ich nur dafür*
*Soll mir das Lachen jetzt vergehen*
*Oder werde ich die Welt nicht mehr verstehen*

*Hör dann auf zu rauchen*
*Werde nicht mehr saufen*
*Glaub an Gott - ach Gott oh Gott*

*Lege mir ein Häuschen zu*
*Mache mir damit Mut*
*Viel auf Reisen gehn*
*Wer wird es verstehn*

*Die Zukunft steht vor meiner Tür*
*Was kann denn ich nur dafür*
*Soll mir das Lachen jetzt vergehen*
*Oder werde ich die Welt nicht mehr verstehen*

*.............................................(CD ""„Jene irritierte Auster")*

## TRÄUME

*Glaub an Träume*
*die wie Schäume*
*über Dich ergehen*
*Dich einnehmen*
*nicht loslassen*
*Dich verzehren*

*Nimm alles mit*
*lass sie nicht los*
*wenn du fliegst*
*bist du frei*

*Pack den Tag*
*und die Nacht*
*mach die Nacht zum Tag*
*tu es*

*Lass das Träumen nicht sein*
*dann bist Du niemals allein*
*tauch hinein - und sei dabei frei*
*Dimensionen aufzuheben*
*viel mehr noch*
*danach zu streben*
*zu leben*
*und von allem - alles zu geben*

*Den Puls am Puls zu spüren*
*den Nachbarn zu verführen*
*wenn's sein muss*
*auch berühren*

*Tauchen in Tiefen*
*die niemand erahnt*

*Verwandte*
*auch mal leiden zu sehn*

*Alles zu dürfen*
*alles zu können*
*sich ganz  zu spüren*
*nur zu sein*
*ohne Grundgebühren*

*Lass das Träumen nicht sein*
*dann bist du niemals allein*

.................................................*(CD „Jene irritierte Auster")*

Foto: dieFENDEL 2005

## Winter und Sommer

Als ich gestern aus dem Fenster schaute, war noch Winter. Das habe ich daran erkannt, dass Schneeflocken in einem 3/4-Takt an meiner Fensterscheibe klopften. Seltsam. Ich dachte immer Schneeflocken würden hinunter fallen, sich dabei das Genick brechen und zu Wasser werden. Wie genau das funktioniert, weiß ich nicht. Aber so, dachte ich bis heute, wäre der normale Werdegang einer Schneeflocke. Aber nein, sie tanzen, sie tanzen einen Walzer.
Eins, zwei, drei, eins, zwei, drei....
Zu dritt, zu viert, zu hundert.
Als ich also so aus dem Fenster schaute, und den Schneeflocken beim Tanzen zuschaute, wurde mir ganz warm.
Tanzen ist anstrengend, dachte ich.
Während mir also warm wurde, allein nur vom Zuschauen, bemerkte ich, wie die Schneeflocken immer durchsichtiger wurden. Also sie waren nicht mehr Schneeweiß, nein, sie wurden gräulich, transparent.
Und es wurden auch immer weniger. Der Rhythmus veränderte sich auch, es wurde ein Slowfox.
Das ist es!
Sie schwitzt sich weg. Einfach so. Eine Schneeflocke darf nicht schwitzen.
Schnell eilte ich in die Küche ging an das Tiefkühlfach und holte Eisbeutel. Ich muss sie retten. Es muss kalt bleiben, sonst... fallen sie und brechen sich das Genick und...
Nein, das wollte ich nicht. Als ich jedoch ans Fenster zurückkam und hinaus schaute, man glaubt es nicht, war der Sommer da.
Eben noch Winter und jetzt Sommer.
Da dreht man sich einmal um, und...

**DIE HOHE** Kunst des Sprechens bedeutet: die richtigen Buchstaben, in die richtige Reihenfolge, im richtigen Moment zu setzten. Drei Dinge gleichzeitig zu denken und auszuführen und das muss dann auch alles ganz schnell gehen.

Das ist wirklich hohe Kunst.

Faszinierend!
Großartig!

**DER** Bauch ist voll
Hängend über Hose

Knöpfe können springen
atmet man zu tief

Mir geht es gut - zeigt
meine Rundung - unten

Ich kann es mir leisten

**ÜBER** mich selbst schreiben, das kann ich nicht.
Was soll ich denn da schreiben?

Deshalb habe ich Freunde und Kollegen gebeten, etwas zu mir, über mich, für mich zu schreiben.
Über eine oder die erste Begegnung mit mir, über mich als Künstlerin, über mich als Mensch oder einfach nur so über mich.

Ich habe natürlich das, was mir nicht gefallen hat, gnadenlos gestrichen. Selbstverständlich!

**Vielen Dank** an alle!

**dieFENDEL 2012**

**...wow...,** was für eine stimme, habe ich gedacht,
als ich dieFENDEL zum ersten mal hörte!
eine absolute chanson-stimme...so selten geworden in diesen tagen, wo jeder singt, oder glaubt singen zu müssen. und wo man fast nur noch stimmen hört, die „rum-soulen", alle ähnlich klingen!
wie wunderbar, was für ein aufhorchen, wenn dann mal eine stimme erklingt, die was eigenes hat, ein besonderes timbre.
an jenem abend sang dieFENDEL chansons der knef, in ihrer ganz eigenen art und weise. und auch dabei zeigte sich ihre stärke, ihre ausdruckskraft. ich hatte ewig und drei tage keine so berührenden interpretationen der knef gehört: eine wirkliche hommage - voller melancholie, witz und eben: chanson pur.

*Boris Steinberg*
*chanson kollege und Veranstalter*
*juni 2012 in Berlin*

## Das ganze Leben ist ein Missverständnis...

Heuer werden es genau zehn Jahre, dass ich dieFENDEL kennengelernt habe. Zehn Jahre, in denen bei uns beiden viel passiert ist. Ich erinnere mich noch gut daran, denn am Anfang stand zunächst ein Missverständnis.

Es war an einem Tag im Oktober 2002, als ich abends einen Anruf auf meinem AB vorfand. Den Namen hatte ich nicht ganz verstanden, es hörte sich an wie „Händel" oder so ähnlich. Man suche einen Pianisten und Komponisten, ich möge mich bei Interesse doch bitte melden, sprach eine tiefe und resolute Stimme von meinem Band. Ich war wie vom Donner gerührt, denn das war mir noch nie passiert. Ich befand mich damals in einer ziemlichen Krise, hatte gerade eine Trennung hinter mir und den Traum von einer Musikkarriere fast schon aufgegeben. Ich rief also zurück und verlangte nach Herrn Händel, der mich angerufen hatte. „Einen Herrn Händel haben wir hier nicht, aber vielleicht meinen Sie die Frau Fendel...?"

Oh Gott, war mir das peinlich, ich habe mich selten so geschämt. Aber dieses Missverständnis war mit etwas Humor schnell ausgeräumt, und so war ich ab Herbst 2002 der Haus- und Hofpianist und -komponist. Im Laufe der Jahre haben wir viele Lieder gemeinsam auf die Bühne gebracht, darunter auch das, das ich bis heute am meisten mag – „Das ganze Leben ist ein Missverständnis".

Und wenn Männer so etwas wie eine „beste Freundin" haben, dann ist dieFENDEL für mich genau das geworden im Laufe der Jahre.

*Thomas Bierling*
*Produzent/Verleger/Musiker*
*Juni 2012 in Karlsruhe*

**Mut** zur Melancholie, zu Zwischentönen und Tiefsinn in Zeiten, wo das Plakative und der Spaß regieren. Der schnelle, fast übergangslose Wechsel von spitzen Texten zu sehnsuchtsvollen Liedern... verletzlich, stark, berührend, grenzenlos, großzügig... und diese unglaublich tiefe, warme, berührende Stimme... Liebenswerte und gleichzeitig knallharte Analysen und Thesen, absurde, skurril-komische Geschichten, poetische Liebeslieder und immer ein Augenzwinkern!

Das ist dieFENDEL, wie man sie als Künstlerin auf der Bühne erleben kann. Yvonne Fendel ist ein Mensch mit unzähligen Talenten, der auch im Privatleben keinen Platz für Oberflächliches hat. Ich liebe genau diese Mischung an ihr: zärtlich-zerbrechlich und gleichzeitig bestimmt, kompromisslos ehrlich, mit unglaublichem Tatendrang und Energie, eine pessimistische Optimistin, die sich nie unterkriegen lässt, die zweifelt und hinterfragt und mit ihrem großen Herzen all diejenigen erobert, die sich von einer auf den ersten Blick manchmal unzugänglich wirkenden Oberfläche nicht blenden lassen und den interessanten, rastlosen und humor- und liebenvollen weichen Kern entdecken.

*Lisa Zenner*
*Sängerin/Übersetzerin/Partnerin*
*juni 2012 in Berlin*

## Fast ein halbes Leben

35 Jahre nun schon.

Wir sind gewachsen (Yvonne vielleicht nicht so viel)

Wir sind albern und ernst. Wir sind nicht *0 ab 50*[1].

Viele Erlebnisse. Viele Stationen und wunderbare Bühnenprogramme. Bonn, Karlsruhe, Strasbourg, Berlin.

Als Kinder Nachbarn in Bonn und in Berlin dann wieder vereint.

Viele Weihnachtsfeste in Bonn und Osterfeste in Karlsruhe und Strasbourg.

Yvonne musste mit mir Sissi gucken und ich mit ihr Alien-Filme.

Sie war wilder, ich war braver.

Sie hat Träume und Ziele, Mut und Energie. Hat trotz aller Unwägbarkeiten etwas geschaffen. Keine goldenen Löffel weit und breit.

Die besten Frühstückseier gibt es von Yvonne. Meine schönsten Schwangerschaftsfotos sind von Yvonne. Meine abgezogener Holzboden und meine lackierten Türen sind von Yvonne.

Beim 3. Kind hat sie mich, die es Wehen getrieben etwas eilig hatte, ins Krankenhaus gefahren, wahrscheinlich für sie schlimmer als jedes Lampenfieber.

Verlässliche, krisenfeste, längste Freundin.

Jedes Bühnenprogramm in Bonn, Karlsruhe, Strasbourg, Berlin habe ich gesehen. Sehr, sehr viel gelacht. Manchmal auch geweint und stets voller Stolz.

Am besten gefällt mir, dass ich immer so sein kann wie ich bin und sie meinen Freiheitsdrang respektiert. Dass sie nicht überkandidelt ist und auf dumme Sprüche verzichtet, frei von Modeerscheinungen ist und keinen Trends nachjagt, dass sie sich selber treu sein kann, kompromisslos manchmal.

*Gabriela Brückner*
*Informatikerin/Mutter von drei großartigen Kindern/beste Freundin*
*juli 2012 in Berlin*

[1] Typische Redewendung/Schöpfung von Yvonne (Wortklang nach 08/15)

**Als** Yvonne mich fragte, ob ich einen kurzen Text mit einer Anekdote aus ihrem Leben verfassen wolle, dachte ich noch klar, das mache ich mit links. Schließlich hatten mich 35 gemeinsame Jahre quasi zu einer Expertin gemacht. So viele Geschichten kamen mir in den Sinn, dass ich das Buch auch hätte selber schreiben können. Doch zu jeder zweiten Geschichte würden dem Leser diverse Vorgeschichten zum Verständnis fehlen. Von den Verbliebenen gehört gut die Hälfte ganz bestimmt nicht in die Öffentlichkeit. Nicht wenn damaligen verantwortlichen Tanten noch im Nachhinein das Herz stehen bleiben sollte und Omas im Grabe die Haare zu Berge stehen würden. Nun bleibt schon nicht mehr viel übrig. Da sind dann noch diese Anekdötchen, von denen Yvonne bestimmt nicht weiß, dass wir (meine Schwester und ich) sie trotz unseres jungen Alters damals mitbekommen haben. Dazu gehören auch diverse Telefonate, die sie geführt hat als sie auf uns aufpasste. Kinderkopf vergisst wenig. Aber eine einzige dieser hunderten Geschichten ist doch geeignet hier aufgeschrieben zu werden und diese ist mir auch nach 32 Jahren nicht verloren gegangen: Als ich drei Jahre alt war, war ich stolze Besitzerin eines gelben Pucky-Dreirades. Yvonne war ein Teenager und sollte mit ihren Freundinnen auf mich aufpassen. Jetzt gab es bei uns in der Nähe eine dreistöckige Hochgarage mit einer wie ein Schneckenhaus gedrehten Auffahrt. Wir sind wie zufällig daran vorbeigekommen und die Mädels haben sich mit dem Rad die Auffahrt runtergerollt. Dann befand Yvonne es wäre an der Zeit für mich, Fahrradfahren zu lernen und setzte mich ganz oben auf das Rad, gab mir einen Schubs und schwupps ging es los. Drei Etagen immer im Kreis herum und zum Glück ohne Gegenverkehr. Ich schwöre, ich spüre noch heute den Wind in meinen Haaren und das Rauschen der Geschwindigkeit in meinen Ohren. Und was soll ich sagen, ich hatte Spaß. Und so war es eigentlich immer. Ohne sie hätte ich eine Menge Spaß verpasst, viele sehr verrückte Situationen nicht erlebt und eine Menge liebenswerter Menschen niemals kennengelernt.

*Daniela Herzmann*
*Schwester*
*juli 2012 in Bonn*

**Liebe Yvonne,**

wie Thomas schon geschrieben hat, hat Dein Anruf bei ihm auch mein Leben beeinflusst, denn indirekt verdanke ich diesem Telefonat meinen heutigen Ehemann, den ich sonst vielleicht nie kennen gelernt hätte.

Anfangs kannte ich Dich nur von Deinen Auftritten und ich war immer gefesselt von Deiner Bühnenpräsenz und darstellerischen Intensität. Ich hatte nicht nur einmal Gänsehaut…

Umso mehr habe ich mich gefreut, als Du nach einem Besuch meines Solo-Programms angeboten hast, es als Regisseurin noch einmal mit mir zu überarbeiten und neu zu inszenieren.

Es ist einfach toll geworden, und endlich haben wir uns dann auch privat näher kennen gelernt.

Und dann unsere gemeinsame Silvester-Gala in Karlsruhe, das war einfach ein Riesen-Spaß. Zwei Frauentypen auf der Bühne, wie sie unterschiedlicher nicht sein könnten, sowohl optisch als auch stimmlich: vollschlanker Sopran in den höchsten Tönen und gertenschlanker weiblicher Tiefbaß – wo hat man so etwas schon mal gehört?

Ich freue mich sehr für Dich, dass Du jetzt in Berlin eine eigene Bühne hast und wünsche Dir weiter viel Erfolg damit.

Aber schade auch, dass wir uns dadurch so selten sehen…

*Gabrielle Heidelberger*
*Sängerin/Kollegin*
*Juli 2012 in Karlsruhe*

## „dieFendel singt Fische"

dieFendel staunt vorm Aquarium:
sie beobachtet den Tanz des Lebens und des Todes,
lacht oft dabei
und trauert, manchmal.

Sie staunt: all diese Wesensleben im Aquarium,
vielfältig, farbig und trotzdem schwarz wie Raben,
so unbeholfen, so geschickt, so schräg und sinnlos!
Sie hört ihnen allen zu,
ganz genau,
sehr lange,
und singt uns deren schönsten und dunkelsten Erzählungen zurück, mit katzenhafter Stimme.

dieFendel, selten sind ihre Lächeln, selten sind ihre Lieder, immer aus dem Herzen und ehrlich.

*Corinne Douarre*
*Kollegin, Sängerin*
*juli 2012 in Berlin*

**Als** ich dieFendel zum ersten Mal in meiner Wohnung in Karlsruhe traf, war mir schon irgendwie recht mulmig. Da kam ne Frau in Ledermontur die Treppe hoch und sagte mir in ganz ernstem Ton und mit einer vernichtend ernsten Mimik, dass sie dieFendel sei.

Nun gut, dachte ich mir, mit meiner 180 Grad entgegengesetzten Leichtigkeit, „Lass es uns probieren...".

Sie ließ mir ein paar Texte da und ich machte mich an die Arbeit, sie zu vertonen. Ich fand sehr bald heraus, dass ihre charakterliche Tiefe im selben Verhältnis stand wie ihre stimmliche Tiefe, nämlich abgrundtief... und das war höchst beeindruckend.

Wie kann jemand so ehrlich zu sich selbst und tief sein und das dann noch stimmlich wiedergeben? Wenn dieFendel schlecht drauf war, war sie eben schlecht drauf - und das war mir sehr fremd. Einfach faszinierend! Ich habe so einiges von ihr gelernt, dass es z.B. immer noch ein paar Schritte tiefer geht im Leben... Oberfläche ist BULLSHIT!

*Patrick Kirst*
*Pianist/Komponist*
*Juni 2012 in Los Angeles*

# Was von innen kommt

„dieFendel" gibt Abschiedsgala im Karlsruher Schlo

Vor knapp 15 Jahren kam sie aus dem Rheinland nach Karlsruhe, um an der Schauspielschule der „insel" eine Ausbildung zu absolvieren. „Ans Theater wollte ich nicht unbedingt, mich interessierte immer schon die Kleinkunst" erinnert sich Yvonne Fendel. Neben der Schule begann sie mit Kabarett. „Ich mache gerne den Mund auf, gehe auf Leute zu, das hat die Badener manchmal überrascht", lacht die sympathische Frau.

Über zehn Jahre stand sie mit den Spiegelfechtern in der Orgelfabrik auf der Bühne und unterhielt ein treues, aufgeschlossenes Publikum mit ihren frechen Herzensangelegenheiten. „Ich möchte auf der Bühne was erzählen, das kommt von innen", meint die Kabarettistin. Mit der Zeit hat sie für sich das Singen entdeckt und eroberte ihre Zuhörer mit einer rauchig geschmeidigen Stimme. „Fendel meets Knef" hieß ein erfolgreiches Abendprogramm. Seither nennt sie sich „dieFendel" und tingelt auf kleinen Bühnen durch Baden-Württemberg.

Doch es sei schwer hierzulande ein Publikum zu begeistern, gesteht die ambitionierte Künstlerin. Kommerzielles Kabarett komme recht gut an, Sachen, die in keine Schublade passen, hätten es ungleich schwerer. In der Fächerstadt fehlten der Fendel nicht nur ein hungriges Publikum, sondern auch Kollegen, mit denen sie etwas Neues hätte ausprobieren können. Vor zwei Jahren zog sie nach Straßburg. Dort wollte sie eine deutsch-französische Kleinkunstbühne eröffnen, in der etwa 100 Leute Platz hätten. Doch die elsässische Metropole bot ebenfalls wenig Nährboden für

nspruchvolles Kabarett. dieFendel legt Wert
uf den Kontakt zum Publikum. „Ich möchte
iicht von oben herab auf einer Bühne stehen,
hne die Reaktionen meiner Zuschauer wahr-
unehmen. Mein Programm steht in engem
Dialog mit den Gästen," erklärt die Künstle-
in. Jetzt will sie ihr Glück in Berlin versu-
hen. „Ich habe schon oft überlegt, wo ich hin
önnte. Als eine gute Freundin dann nach
3erlin zog, habe ich mir die Hauptstadt näher
ngesehen", äußert die 39-Jährige.

Jetzt hat sie eine große Wohnung in Char-
ottenburg und freut sich auf den Neuanfang.
hr Ziel ist es, dort eine Kleinkunstbühne zu
gründen, die ein auf-
gewecktes, neugieri-
ges Publikum an-
zieht. Doch bevor sie
dem badischen Raum
endgültig den Rücken
kehrt, verabschiedet
ich dieFendel von ihren Fans mit einer gro-
en Silvestergala im Gartensaal des Karlsru-
er Schlosses (21 Uhr).

Abschied muss nicht wehtun und mehr ist
nehr lauten die Prämissen einer Chanteuse,
lie allerhand zu bieten hat. Inspiration holt
ie sich unter anderem bei der Diseuse Geor-
ette Dee. Für den Silvesterabend engagierte
lieFendel extra einen Feuerwehrmann, damit
ie und ihre Gäste im Foyer rauchen können.
Denn ihr jüngstes Programm „Auf der Kippe"
richt eine Lanze für verbannte Raucher. Ihr
Vorsatz fürs neue Jahr: „Ich höre nicht auf zu
auchen." Über dieses Thema lässt sie sich
vitzig und harsch aus. Ihre Texte schreibt
lieFendel selbst, manchmal überarbeitet sie
las Ergebnis mit Freunden. Heraus kommen
egen den Strich gebürstete Originale, die
ust auf mehr machen.          Ute Bauermeister

# Pures Gefühl geht unter die Haut

Oft entscheidet eine Winzigkeit, wenn etwas auf der Kippe steht. Alltägliches, Persönliches, eben Lebenssituationen, deren Weitergang davon abhängt. Jeder kennt das. Auch die Premierengäste in der Berghausener Kulturkneipe „Goldener Adler". Mit einem zweistündigen Solo-Programm hat Yvonne Fendel jede Menge solcher Begebenheiten ins Rampenlicht gehoben.

Die 38-Jährige ist seit 18 Jahren im Geschäft. Nunmehr zehn Jahre wirkt sie bereits beim regional bekannten Kabarett in der Orgelfabrik mit. Auch ein Solo-Programm hat sie bereits vor sieben Jahren erstmals kreiert, nun ist sie mit Nummer zwei unterwegs. Der Start im Pfinztaldorf war verheißungsvoll, nun möchte sie unter dem Titel „die Fendel... auf der Kippe...." auch die Republik teilhaben lassen.

Yvonne Fendel macht das cool, nimmt Berührungsängste und weicht mögliche Distanzen auf, indem sie einfach mit „ihren" Leuten spielt. Bei „Auf der Kippe" kommt alles zur Sprache. Ob in Spielszenen mit Charaktertypen wie „Monika" oder der „Rheinländerin".

# 18.01.2007

Gerade diesen Menschenschlag zu verkörpern fällt ihr als einer dort Geborenen nicht schwer. Nichts stellt sie klischeehaft dar, sie bringt ihre Persönlichkeit ein. Die Texte, bei denen Gerd Weismann mitgeholfen hat, sind zwar humoristisch mit ernstem Hintergrund, aber beileibe kein Standard.

Ja, und dann singt die Fendel auch noch. „Wenn ich nicht schlafen kann" lässt sie zu gekonnter Klavierbegleitung durch Thomas Bierling hören. Pures Gefühl geht unter die Haut, Charme und Witz sind ihr in hohem Maße eigen, Erlebtes aus dem tiefsten Innern gelingt ihr spielerisch umzusetzen. Ob das nun kleine Verzweiflungen sind oder anderes. Wie im Lied besungen, ist der Fendel das viele „Mehr" noch viel zu wenig: Nimm alles und sag niemals Nein, wenn Du auch Ja sagen könntest.

Mit freundlicher Genehmigung
der Badischen Neuesten Nachrichten
Freier Journalist Emil Ehrler

# Badische ⚜ Zeitung

vom 04.06.2007

# Ungeschminkte Wahrheiten aus dem Beziehungsallt:

EMMENDINGEN. „Auf der Kippe", nannte die Kölner Schauspielerin und Kabarettistin Yvonne Fendel ihr Soloprogramm. Ein Kabarett-Abend der Superlative war angekündigt. Im Schlosskeller blieb bis zur Pause kein Platz mehr frei.

Auf der Kippe zwischen bravourös dargestellten menschlichen Abgründen und teilweise schwarzem Humor gestaltete Yvonne Fendel dann ihr Programm. Viele Jahre lang gehörte sie dem erfolgreichen Karlsruher Kabarett „Die Spiegelfechter" an. In ihren Erstlingswerken als Solodarstellerin verzichtete sie auf Ausflüge in die Kategorie politisches Kabarett, wo sie zwar bestens zu Hause war, oder in Bereiche der beifallsicheren Comedy.

Wollt ihr mich mal anfassen – falls ich ein Star werde? Ein Showtalent ist sie zweifelsohne jetzt schon, die aus Köln stammende Regieassistentin und Schauspielerin. Sich selbst sprach sie überwiegend in der dritten Person an, „die Fendel". „Ungeschminkt" hätte auch der Titel dieses Abends heißen können. Sie verstand es ausgezeichnet, sich kritisch im Spiegel zu betrachten. Die Falten, die Hormone, das Alter thematisiert sie gänzlich ohne kabarettistische Süffisanz. Da-

**Yvonne Fendel im Schlosskeller.**

bei garniert sie ihre Monologe nur sehr spärlich mit etwas Witz. Lediglich als es um das Thema Männer ging kam ein wenig schwarzer Humor auf. „Während Männer mit grauen Haaren erst richtig interessant werden, feiern die Damen ihren 40. Geburtstag als ihren ersten Todestag", so die Protagonistin. So manchem der Zuschauer blieb da das Lachen im Hals und der Beifall in den Händen stecken.

Ja, die Männer sind überhaupt ein großes Thema der Fendel. Frank, bedeutet ihre unvergessene Liebe. Wie gut, dass der Besucher mit grauem Bart (in diesem Fall ein Ortsvorsteher aus der Großen Kreisstadt) doch Frank wie aus dem Gesicht geschnitten ähnelte. Frank geistert scheinbar ständig durch ihr Leben auch an diesem Abend. Da half nur noch Hochprozentiges und Zigaretten oder die verzweifelte Suche nach weiteren Männern. Selbst dann, wenn das Erwachen am nächsten Morgen neben einem fremden Menschen ihr „haarsträubend" erscheint.

Das war die eine Seite „der Fendel". Im zweiten Teil brillierte sie mit philosophischen Wortspielen, die häufig an Dialoge in Stücken aus der Ära der Existenzialisten wie beispielsweise Jean-Paul Sartre oder Albert Camus erinnerten. Immer wieder stimmte sie mit rauchig-dunkler Stimme tiefsinnig, gefühlvoll vorgetragene Lieder oder Sprechgesänge an. Wohlige Schauer erzeugten die Texte, die von Einsamkeit, Glück, Verlorenheit oder Sehnsucht kündeten. Ein Schleier von Melancholie legte sich über die Besucher, wenn die Künstlerin, begleitet von Thomas Bierling am Piano, sang.

Mehrfach wird der Barhocker zur Couch des Therapeuten. Mit schwerer Zunge, scheinbar vom Alkohol gezeichnet, erfahren die Gäste alles über den Reigen ihrer Liebschaften. „Männer sind Schweine" stellt sie, nachdem sie sich auf der Bühne aus einer Schnapsflasche mindestens 14 Klare eingeschenkt hatte, immer wieder fest. Nun überwand die Fendel die Kippe. Ihre exzellente Schauspielkunst prägte das Geschehen. Mitreißend wie sie an der Bartheke um Verständnis und Anerkennung bei einer imaginären Freundin bettelt. Zwischendurch erzählt sie mit bitterer Ironie „garniert" mit derben Bemerkungen aus Leben zwischen Mann und Frau.

Das befreiende Lachen des Publikums gefriert jedoch rasch wieder, wenn Yvonne Fendel in erschütternt-grandioser Rolle die suchtkranke Frau darstellt. Exzessiv dürstet sie nach Liebe und Anerkennung, selbst wenn sie sich auf den Bühnenboden legen muss um hier all ihre Sehnsüchte und Wünsche zum Ausdruck zu bringen. Die Fendel forderte ihre Zuhörer. Nicht alle hielten bis zum Schluss durch, schade. Ihre Zugabe: ein Lied mit dunkel-rauchigem Timbre, das nicht ganz zufällig an die Knef erinnerte. Später beim „Pilsken" mit den Besuchern konnte die Rheinländerin richtig lachen, frei nach dem rheinischen Grundgesetz das sie schon auf der Bühne verkündete „Et kütt wie et kütt."          *Dieter Erggelet*

**Mit freundlicher Genehmigung
Badische Zeitung
Dieter Erggelet**

# Rauchige Melancholie

*Hommage „der Fendel" an „die Knef"*

VON HEIKE SOMMERKAMP

■ **Brackwede.** Kann Depression unterhaltsam sein? Wenn „die Fendel" am Mikro steht, die Zigarette fest im Griff und die Spitituosenflasche stets in Reichweite, lautet die Antwort eindeutig „Ja". Am Samstagabend unterhielt die charismatischen Chanteuse mit der rauchig-vollen Altstimme im Rahmen der „Lampenfieber"-Reihe knapp 50 Gäste im Gustav-Münter-Haus – mit einer Knef-Hommage und Themen von Abschied bis Alterserscheinungen.

Ihre Stimme bot einen rauchig-reifen Einblick in die lebenssatten, in ihren sonnigsten Momenten melancholischen, ansonsten eher depressiven Tiefen ihrer Gefühlswelt – mit diesem satten Alt kann „dieFendel" – Vorname und Alter der Öffentlichkeit unbekannt – problemlos Lieder von Hildegard Knef singen.

Nach optischen Schätzungen maximal in den Wechseljahren, fühlte sich die charakterstrotzende Sängerin mit wehmütigen Chansons überzeugend in das Seelenleben einer lebensbejahenden Frau weit jenseits des Lebenszenits ein. „Bei Dir war es immer so schön" oder „Mein Zimmer bei Nacht" waren bei der Fendel in den besten Händen, genau wie das lässig-rauchige „Ich bin leider viel zu faul".

„Man sollte seine ärgerlichen Altersveränderungen nicht einfach an die Öffentlichkeit tragen", verkündete die Sängerin, zog einen sehenswerten Flunsch und beschrieb wortreich ihre Gefühle beim Anblick unerreichbar knackiger junger Männer, bevor sie in den nächsten Song eintauchte.

Geschickt inszenierte die Frau mit der expressiven Mimik die charakterformenden Brüche ihrer Bühnenfigur: Das kurz geschnittene, in kunstvoller Nachlässigkeit verstrubbelte Haar stand im interessanten Gegensatz zum Glitzerkleid und den ringstarrenden Fingern, während Zigarette und Schnapsglas sie in wehmütigen Momenten stützten, denn bei aller vertraulicher Plauderlust wahrte die Künstlerin stets die Contenance.

Thomas Bierling, der Mann am Klavier, hielt sich trotz roten Glitzerjacketts ganz im Hintergrund und untermalte die lakonisch-gefühlvollen Sangestiraden seiner Bühnenpartnerin passgenau in atmosphärereicher Klangfülle.

Nur eines an ihm ärgerte die Fendel: Da ihr Pianist nicht mehr rauche, herrsche in der Künstlergarderobe Rauchverbot – „Verräter!" Also musste die Sängerin direkt vor der Pause schnell noch auf offener Bühne „eine rauchen" – und unterhielt das erstaunte Publikum eine volle Zigarettenlänge lang mit einem vertraulichen Monolog über Rauchen und Toilettenbesuche.

Badische Zeitung Löffingen 22.05.07
Frank o Frank „dieFendel" begeistert in Löffingen

*Was für eine Künstlerin! Auf der einen Seite frech, kein Blatt vor den Mund nehmend, auf der anderen Seite voller Sehnsucht und Melancholie. Ein Phänomen, wie der Gast sehr schön spürte. „Wollt ihr mich mal anfassen – falls ich ein ganz großer Star werde?"*

*Ein Showtalent ist sie zweifelsohne jetzt schon, sie versteht es sich selbst kritisch im Spiegel zu sehen, die Falten, die Hormone, das Alter thematisiert sie ungeschminkt. ... Ja, Männer sind ein großes Thema der Fendel. Frank ihre große Liebe, wie gut, dass der Besucher mit dem grauen wallenden Bart doch Frank wie aus dem Gesicht geschnitten ähnelt. So wird er einfach ins Geschehen eingebaut mal liebenswürdig, mal dreist wie „wie klappt es bei dir denn noch so im Bett?"*

*Frank erscheint immer wieder verherrlicht und dann wieder brutal in die Wirklichkeit gesetzt. Da helfen nur noch Alkohol, Zigaretten oder die Suche nach anderen Männern, auch wenn das Aufwachen am nächsten Morgen neben einem fremden Menschen manchmal „haarsträubend" ist. Doch was tut man nicht alles, um der Einsamkeit zu entfliehen. Der Sprung zur Bar und hier werden nach reichlichem Alkoholgenuss die tiefen Geheimnisse aufgedeckt. Mit leicht „schwererer Zunge" erfahren die Gäste alles über Rudi, der mit der imaginären Freundin Monika ein Kind bekommt. „Männer sind Schweine" stellt dieFendel fest ganz klar und doch brauchen wir sie denn „ich will auch ein Kind".*

*Ein erfrischendes Wechselspiel zwischen der „angeseuselten" einsamen Frau an der Bar und der Chansonette, die von Sehnsucht und Liebe singt. dieFendel sie gibt alles und selbst wenn sie sich auf den Boden legen muss, um hier all ihre Sehnsüchte und Wünsche zum Ausdruck zu bringen. dieFendel fordert ihre Zuhörer, hielt ihnen den Spiegel vor, um dann in bitter-süßer Stimme die Gesellschaft „vorzuführen".*

**Mit freundlicher Genehmigung**
**Badische Zeitung**

# Noch ein Feierabendbier

„Stehen Sie ruhig auf und gehen Sie raus, das merkt sowieso keiner! Ich gebe Ihnen die Chance, einen Tick früher als die anderen dran zu sein, auf der Bühne passiert nicht mehr viel. Ich rauche noch meine Zigarette fertig, quatsche ein bisschen, dann ist Pause", erklärte die Fendel im Kammertheater bei der Premiere ihres neuen Programms „Tapetenwechsel – eine Hommage an Hildegard Knef" und meinte es ganz ernst. Trotzdem ging keiner. Alle warteten brav, bis diese ungewöhnliche Frau fertig erzählt hatte. Niemand wollte auch nur eines ihrer spitzen Worte verpassen. „Scheiße, ist die frech", entfuhr es einer Besucherin nach diesem Bühnenerlebnis.

Doch das ist nur die eine Facette: die harte Schale gewissermaßen. Dahinter singt sich die seit zwei Jahren in Berlin lebende Chanteuse, die zuvor lange Jahre Kabarett bei den „Spiegelfechtern" in Durlach gemacht hatte, die Seele aus dem Leib. Ihre Themen: die Liebe und das Alter. Yvonne Fendel stimmt Lieder von Hildegard Knef an, mit der sie vieles verbindet: beide sind im Winter geboren, beide Kettenraucherinnen, beide bockig, borstig, eigensinnig und beide Sängerinnen haben diese unvergleichlich tiefe, mal brüchige, mal tonlose Stimme.

Am Piano wird Yvonne Fendel von Thomas Bierling famos begleitet. Mit bohrendem Blick, zerrauften Haaren schleudert sie ihre Stachel ins Publikum: Aha, auch alle älter geworden und auch Probleme mit den Altersveränderungen? Elegisch bis melancholisch sind die teils weniger bekannten Knef-Lieder, denen die Fendel wieder frisches Leben einhaucht. Und vor allem sind sie wunderbar poetisch, tief traurig und immer wieder das Leben im Jetzt, das „Mehr wollen", das unabwendbare Vergehen der Zeit thematisierend.

Im Wechsel trägt die Fendel die Lieder mal gesungen mal gesprochen vor. Die Texte, darunter „Ich brauch Tapetenwechsel sprach die Birke" haben Biss, erinnern an Georg Kreislers schwarzen Humor. Rauchend, den Blick ins Publikum gerichtet, in einem schlichten grauen, ärmellosen Kleid, an jedem Finger einen Ring, Grimassen schneidend hebt diese kratzbürstige Sängerin an, ihre Zuhörer zu erstaunen: mal witzig, mal melancholisch, ohne Angst vor Pause oder Stille. Als Zugabe dann der Höhepunkt des Abends: sonst immer im Stehen, setzt sich die Fendel auf den Hocker, zieht umständlich ihr Kleid zurecht, steigert die Spannung, bevor sie eine furiose Interpretation der unvergesslichen „Roten Rosen" darbietet.

Damit beim Publikum erst keine falsche Rührseligkeit aufkommt, plappert gleich ihr loses Mundwerk wieder allerhand Scharfes, schimpft auf lärmende Kinder, Falten, Rauchverbot, bevor sie ehrlich gemeint die Parole ausgibt: „Wer nachweist, dass er grad kein Geld hat, bekommt meine CD geschenkt"... Und nebenbei spult sie noch runter: ja, man könne davon leben und wie sie die Texte behalten würde, wisse sie selbst nicht genau, aber die Besucher könnten jetzt ruhig gehen, es komme nicht mehr viel, sie trinke noch ihr Feierabendbier, bedanke sich und das war's dann gewesen ... wollte natürlich wieder keiner glauben!                    Ute Bauermeister

# Badische ⚜ Zeitung

vom 22.05.2007

*Männer: Perfekt und doch nicht*
*Fendel begeistert im KuTipp*

*Lebenssituationen einer Frau, vom Altern, den Falten, den Hormonen, über Beziehungen, bis zu Süchten, Sehnsüchten und Gefühlen beschrieb Yvonne Fendel bei ihrem Gastspiel im KuTipp in Löffingen auf ihre Weise.*

*Seit 1988 ist „dieFendel" Mitglied verschiedener Kabarett-Gruppen im Raum Köln-Bonn. Sie durchlief eine Schauspielausbildung, sammelte Erfahrungen durch Theaterengagements und Regiearbeiten. Sie empfahl während ihres Auftritts mehrmals – man muss es mehr rheinländisch sehen: „et is wie et is un et kütt wie et kütt". „Männer sind so praktisch, sind das Perfekte, bis das Perfekte etwas sagt, dann denk' ich immer – schade", gehörte ebenso zu den einleitenden Gedanken wie die Erkenntnis, dass man ja eigentlich immer nur seine Zeit absitzt, in der Gebärmutter, im Laufstall, im Sandkasten und so fort. Eindrucksvolle Szenen, in denen dieFendel betrunken an einer Bartheke sitzend sich mit ihrer fiktiven Freundin Monika unterhielt und dabei ungeheuerliche Beziehungsproblematiken entdeckte, gleichzeitig um Verständnis und Anerkennung bettelte, wechselten in schnellem Tempo mit tiefsinnigen, gefühlvoll vorgetragenen Liedern, die von unendlicher Einsamkeit, oder von der Sehnsucht nach Stille und Liebe erzählen. Suchtproblematik, Alkohol und Nikotin sind ihr Thema. Das hindert die Kabarettistin aber nicht daran, ihr Publikum hemmungslos einzuräuchern. Das Lied „Lass mich nicht mehr los" präsentierte die Künstlerin mit viel Gefühl und Körpersprache, am Boden liegend als Schlussakkord.*

*Das begeisterte Publikum klatschte die Akteurin mehrmals auf die Bühne und forderten Zugabe. Liane Schilling*

**Mit freundlicher Genehmigung**
**Badische Zeitung**
**Liane Schilling**

## Wehe, wenn wir alt werden
## Zweiter Abend des Melsunger Kabarett-Wettbewerbs

*Yvonne Fendel in ihrer Hommage an die Vergangenheit, setzte aus sensiblen Texten und Liedern von Hildegard Knef und Eigenen eine anrührende Literaturstunde zum Thema Älterwerden und Einsamkeit zusammen.*
*Ausdrucksstark in Gestik und Mimik, wirkte sie durch einfühlsame Lieder und verblüffende Pointen.*
*Die Frisur so bizarr wie mancher ihrer Standpunkte, der Gesang so unbequem wie ihre Bekenntnisse, manchmal wie ins Selbstgespräch versunken, dann wieder leutselig und fast distanzlos; „Wollense mich mal anfassen?" zeigt sie mit herausfordernd blitzenden Augen alle Schattierungen zwischen Frivolität und Naivität, zwischen Resignation und Erwartungsfreude.*

*Und immer wieder kommt sie zurück auf das Älterwerden und ihre Maßnahmen dagegen. Den Gang zum Frisör bezeichnet sie als puren Akt der Verzweiflung, die ärgerlichen Veränderungen des Alters sollte man nicht an die Öffentlichkeit tragen oder aber sich „rechtzeitig wegsperren".*

*dieFENDEL arbeitet mit jedem Muskel ihres Gesichts, mit allen Schwingungen einer ungewöhnlichen Stimme, voller Selbstironie und Nachdenklichkeit an ihrer Wechseljahr-Philosophie.*

*Thomas Bierling verleiht den Vorträgen durch seine Begleitung am Piano das I-Tüpfelchen.*

*Wenn dieser Beitrag auch nicht die typischen Merkmale und Züge des Kabaretts erfüllt, so bestätigt er, dass sich dieFENDEL in keine der üblichen Schubladen einordnen lässt.*

**Mit freundlicher Genehmigung
der Hessische Niedersächsische Allgemeine
Karin Münzberg-Reuter**

**LIVE UND LUSTIG** Beate Moeller 07.12.2011

## BERLIN (bm)

*Mit dem Hochziehen einer Augenbraue versprüht dieFENDEL mehr Gift als Katharina di Medici in ihrem ganzen Leben.*
*Tödlich ist es allerdings nur für diejenigen, die sich den Schuh anziehen, für alle anderen ist es das reine Vergnügen.*
*Selbstverständlich ist Fendels Sache nicht das melancholische Meditieren über die romantische Natur des Menschen.*
*Vielmehr wird sie auf ihre hintergründige Art den Zuschauern die Absurditäten des Lebens vor Augen führen.*
*Tragikomisch versetzt sie das Publikum in Lachen und Staunen und beweist, dass der Seele des Menschen Flügel wachsen können.*

### Desillusionierte Schnapsdrossel

*... auf der Bühne schlüpft sie als dieFENDEL in die Rolle der Schnapsdrossel, die die Enttäuschung über ihre verloren gegangenen Ideale mit den legalen Nervengiften Alkohol und Nikotin in den Griff zu bekommen behauptet. Das Leben hat seinen Zenit überschritten. Sie erinnert sich und eben auch nicht. Weil ja das Gedächtnis schon das Weite gesucht hat. Die Gedanken so wirr wie ihre Haare, die sie zu einer wilden Punkfrisur aufgegelt hat. Das ist schon eine Wucht, wie sie da so halbirre vor sich hin sinniert, nebenbei eine Pulle Klaren niedermacht und eine Fluppe nach der anderen qualmt. Wenn sie sich in ihren Geständnissen verheddert, tun sich die Abgründe der Seele auf.*
*Mit perlenden Pianoschleifen konterkariert Pianistin Hae Song Jang putzig die zornigen Frustrationsausbrüche der Bühnenfigur, unterstützt mit kräftigem Spiel ihren herben Sprechgesang, der an Marlene Dietrich und Hildegard Knef erinnert, und das gewiss absichtsvoll, die ja auch beide nicht wirklich singen konnten, das allerdings – ebenso dieFENDEL – auf höchstem Niveau.*
*So sind es auch hauptsächlich Songs von Hildegard Knef, die sie interpretiert. Versucht jedoch nie in deren Rolle zu schlüpfen, sondern bleibt immer dieser dieFENDEL-Rabauke.*
*Ganz typisch: Ihre Version von „Ich bin leider viel zu faul" – „The Laziest Gal In Town".*

## Kurz - Biographie

**2011** „Frau im Spiegel" Chanson

**seit 2010** Leiterin der Kleinkunstbühne corbo - Berlin
www.corbo-berlin.de

**2009/10** Programm „Tapetenwechsel" Kabarett / Chanson

**2000 – 2006** Leiterin einer eigenen Kabarettbühne in Karlsruhe
Im Rahmen von 12 Ensembleproduktionen: Verfassen erster Texte für Solo- und Ensemblelieder

**1997 - 2006** Mitglied im Karlsruher Kabarettensemble „Die Spiegelfechter"

**2008** Solo-Programm: „auf der Kippe"
CD Produktion: „meine Lieder" unter der Leitung von Ali Askin.
Piano: Markus Syperek

**2007** Solo-Programm: „auf der Kippe" Kabarett-Chanson
CD Produktion „meine Lieder"

**2002** Solo-Programm „FENDEL meets KNEF", in Anlehnung an „Jene irritierte Auster", mit Klavierbegleitung

**2000** Solo-Programm „ Jene irritierte Auster"
CD Produktion „Jene irritierte Auster"

**1988 - 1997** Mitglied verschiedener Kabarettgruppen im Köln/ Bonner Raum.

**1994** Schauspielausbildung, Theaterengagements, Regieassistenzen, Sprecherziehung sowie Regiearbeiten in Karlsruhe, Bruchsal, Mannheim und Walldorf. Musikalisch-kabarettistische Produktionen.

die **FENDEL**

**auf der**
**KIPPE**

**Kabarett**

www.aufderkippe.de

**Premiere 18.01.2007**

**SILVESTER GALA Schloss Karlsruhe**
**Premiere 31.12.2008**

# die FENDEL

## Hommage an Hildegard Knef

**TAPETENWECHSEL**

Kabarett - Chanson

## Premiere 06.10.2009

die**FENDEL**

**FRAU**
IM SPIEGEL

aus dem Leben einer Diseuse

Kabarett-Chanson

# Premiere 08.12.2011

**CD Produktion Januar 2012**
CD „Nur für Dich"
*Aufnahme und Mix: dieFENDEL & Thomas Bierling*
*Am Flügel: Hada Benedito*
*Arrangements / Komposition: Patrick Kirst/Hada Benedito*
*Gesang und Texte: dieFENDEL*
*erhältlich unter www.yeozone.de*

**CD Produktion September 2010**
CD „Tapetenwechsel"
*Aufnahme und Mix: Silke Fell*
*Assistenz: Lisa Zenner*
*Am Flügel: Doro Gehr*
*Gesang und Texte: dieFENDEL & Hildegard Knef*
*Mix: Thomas Bierling & dieFENDEL*
*Arrangement & Kompositionen: Doro Gehr, Patrick Kirst,*
*Thomas Bierling*
*erhältlich unter www.yeozone.de*

**CD Produktion September 2008**
CD „meine Lieder"
*Aufnahme und Mix: Ali N.Askin*
*Assistenz: Nora Götting*
*Am Flügel: Markus Syperek*
*Gesang und Texte: dieFENDEL*
*- NICHT MEHR ERHÄLTLICH -*

**CD Produktion 2004**
CD „techno chanson"
*das medley*
*Texte von dieFENDEL*
*Musikproduktion Thomas Bierling*
*- NICHT MEHR ERHÄLTLICH -*

**CD Produktion 2003**
CD „FENDEL meets KNEF"
*Texte von Hildegard Knef und dieFENDEL*
*Piano Rainer Granzin*
*Ton/Produktion Rainer Granzin und dieFENDEL*
*- NICHT MEHR ERHÄLTLICH -*

**CD Produktion 2000**
CD „Jene irritierte Auster"
*Texte von Hildegard Knef und dieFENDEL*
*Piano / Arrangements / Komposition Patrick Kirst*
*Schlagzeug Gernot Trittler / Bass Roman Rothen /*
*Ton und Produktion Martin Müller*
*erhältlich unter www.yeozone.de*

# „NUR FÜR DICH"

dieFENDEL gehört zu den wenigen, die heute noch die hohe Kunst des literarischen Chansons pflegen. Seit Beginn ihrer Karriere hat sie sich diesem Genre verschrieben. Zunächst

den Klassikern, in den letzten Jahren aber immer mehr mit eigenen Texten. War ihre letzte CD „Tapetenwechsel" noch eine Hommage an die große Knef, so enthält „nur für dich" neben fünf Cover-Interpretationen elf neue Chansons, die den Hörer in die ganz eigene Gefühls- und Gedankenwelt der FENDEL entführen.

Mit ihrer unverwechselbaren, dunkel-rauchigen Stimme schafft dieFENDEL als Meisterin der Zwischentöne eine unglaublich intensive und packende Atmosphäre, die den Zuhörern zwischen Ergriffenheit und Melancholie, Sehnsucht und Lebensfreude schwanken lässt.

Die den Texten ebenbürtige, gleichermaßen eindringliche Musik stammt größtenteils von ihrem alten Weggefährten Patrick Kirst, den es inzwischen als Filmkomponisten nach Hollywood verschlagen hat, weitere Stücke sind von Rainer Granzin und Hada Benedito, die dieFENDEL bei dieser Aufnahme einfühlsam am Klavier begleitet hat.

Seit über 20 Jahren steht die gebürtige Rheinländerin dieFENDEL auf der Bühne und spielte in zahlreichen Solo-Projekten und Ensembles.

Nach Schauspielausbildung, Regie und Leitung einer Kleinkunstbühne in Karlsruhe zog sie 2007 nach Berlin, wo die Neu-Berlinerin inzwischen als die "Neuentdeckung der Berliner Chansonszene" gilt und mit dem „Corbo" auch ihre eigene Kleinkunstbühne betreibt, die in diesem Jahr erstmals für das „Chansonfest Berlin" die Verantwortung trägt.

"NUR FÜR DICH" dieFENDEL

Best.-Nr. YT 12.001 / EAN 4260116130145

# „TAPETENWECHSEL" Hommage an Hildegard Knef

Mit ihrer CD „Tapetenwechsel" zeigt dieFENDEL, in Kabarett-kreisen nicht unbekannt, dass sie auch als Sängerin nicht nur Substanz hat, sondern auch in diesem Fach brilliert und berührt. „Tapetenwechsel" mit Liedern der Knef und eigenen Songs geht einfach unter die Haut!

Mit ihrer unverwechselbaren, dunkel-rauchigen Stimme verleiht dieFENDEL den Knef-Liedern eine ganz eigene Note, ohne das Original zu verraten.

Gewiefte Piano-Arrangements, ausdrucksstark, vielseitig, un-verwechselbar gesungen – eine würdige Hommage an die Knef. Die Zwischentöne und die In-tensität dieser Interpretation berühren, die Musikalität beeindruckt. Der Zuhörer schwankt zwischen Ergriffenheit und Melancholie, Sehnsucht und Lebensfreude. Die Stimme – das persönlichste aller Instru-mente – nutzt dieFENDEL meisterhaft und bringt uns die Gedanken- und Gefühlswelt der Knef und ihre eigene in wunderbarem Gewand näher. Knefs besondere Kraft und Intensität, ihre lakonische Weltsicht, ihr einnehmender Charme, ihre Schlagfertigkeit und ihr Zynis-mus, all das erweckt dieFENDEL für ihr Publikum neu zum Leben. Dabei mischt sie gekonnt Eigenes mit den Texten und Chansons der Knef und verleiht ihrem Programm damit eine ganz persönliche Note. Eine gelungene Mischung, die dem deutschen Star gerecht wird!

„TAPETENWECHSEL"

Hommage an Hildegard Knef

Best.-Nr. YT 09.001 / EAN 4260116130077

# „JENE IRRITIERTE AUSTER" dieFENDEL & Band

Kompostionen: Patrick Kirst / Schlagzeug: Gernot Trittler / Bass: Roman Rothen / Piano: Patrick Kirst / Ton/Produktion: Martin Müller

Für die Chansons hat dieFEN-DEL nicht nur die passende und sehr charakteristische Stimme, sondern auch eine brillante Band.

Schlagzeug: Gernot Trittler / Bass: Roman Rothen / Piano: Patrick Kirst

Lieder und Texte von Hildegard Knef & dieFENDEL

„JENE IRRITIERTE AUSTER"

dieFENDEL & BAND

Audio CD (1. Januar 2000)
Label: Musikverlag Burger & Müller

Erhältlich bei: www.yeotone.com

WILFRIED ROTTLER:

# WEIHNACHTSFRÜHLING

### EINE ADVENTSGESCHICHTE FÜR ERWACHSENE UND ANDERE KINDER

An Weihnachten werden Märchen wahr. Aber meistens nur für die Kinder, wenn sie ihre sehnsüchtig erwarteten Geschenke mit großen Augen auspacken. Wir Erwachsenen sehen dies meist etwas nüchterner und lassen uns von der weihnachtlichen Stimmung nur kurz und äußerlich beeinflussen. Doch warum sollten wir Erwachsenen nicht auch unsere Träume denken dürfen? Auch, wenn sie etwas weitergehen als der Wunsch nach Süßigkeiten und neuem Spielzeug.

Warum ist die Welt bis heute ein Ort der Ungerechtigkeit und des Leids? Insgeheim hat jeder sein Bild einer idealen Welt, doch niemand hält es für möglich, auch nur einen ersten Schritt in Richtung einer durchgreifenden Veränderung zu machen. Doch wann, wenn nicht an Weihnachten, sollte man darüber ein wenig reflektieren und vielleicht auch einmal das Unmögliche denken? So wie Wilfried Rottler in seiner wunderbaren Weihnachtsgeschichte über den städtischen Busfahrer Karl-Wilhelm, der kurz vor Weihnachten aufgrund eines sehr schlechten Gewissens das dringende Bedürfnis verspürt, mitsamt seinem Stadtbus nach Jerusalem zu fahren und sich zu entschuldigen. Und da das ganze zur Weihnachtszeit passiert, gibt es auch einige wundersame Ereignisse, die uns die Hoffnung geben, dass Frieden und Zuversicht auf der Welt vielleicht doch möglich sind.

## Weihnachtsfrühling

Mit Illustrationen von Carlos Urban

Best.-Nr. YT 11.003 / ISBN 978-3-9811526-5-4

156 Seiten, Paperback

WILFRIED ROTTLER
THOMAS BIERLING

# SINNESWANDEL

### KURZE KURZGESCHICHTEN · GEDACHTE GEDANKEN

„Die Texte dieses Buches (bis auf einen) entstanden im Zeitraum von Januar 2010 bis Mai 2011 im Rahmen unseres Blogs „Sinneswandel". Diese Information könnte bedeutsam sein, um den Sinn des einen oder anderen Beitrages zu verstehen. Wir haben uns entschlossen, diese Texte auch in der traditionellen Form des gedruckten Buches zu veröffentlichen, denn Bücher machen als Weihnachtsgeschenk einfach mehr Eindruck als nur ein Link. „Politisch, philosophisch, satirisch" – dieses Motto steht über unserem Blog. Man könnte auch sagen: „Was uns gerade eingefallen ist" im Spannungsfeld zwischen geostrategischer Weltpolitik und der gesammelten Absurdität des Alltags. Teils in der Form kurzer Kurzgeschichten, teils als laut gedachte Gedankengänge und immer unter der Prämisse, den eigenen Verstand möglichst unvoreingenommen auf die reale Lebenswelt anzuwenden. Wir hoffen, dass uns dies gelungen ist –

Fortsetzung folgt unter www.yeotone.com/wordpress." Wilfried Rottler und Thomas Bierling

Sinneswandel

Wilfried Rottler · Thomas Bierling

144 Seiten, Paperback

ISBN 978-3-9811526-4-7 / Best.-Nr. YT 11.002

# GRUNDGESETZ – REMIXED

„Die 19 Grundrechte des Grundgesetzes bilden die Grundlage unseres Gemeinwesens. Es geht darum, diese Tatsache aus der spröden Hülle des Gesetzestextes zu befreien und in eine emotional erfahrbare Form zu bringen." So beschreibt die Jazz-Vokalistin und Choreografin Eva Weis ihre Motivation zu dem Projekt „Recht harmonisch", einer musikalisch-performativen Verarbeitung des Grundgesetzes, zu der sie die Idee lieferte.

Das künstlerische Konzept und die Komposition entwickelte der Karlsruher Komponist und Pianist Thomas Bierling, als die Stadt Karlsruhe im Rahmen ihrer Bewerbung zur europäischen Kulturhauptstadt 2010 ihre Künstler dazu aufrief, sich mit dem Thema „Recht und Gerechtigkeit" auseinanderzusetzen. Das Motto der Bewerbung lautet „Mit Recht." und betont den Wert des Rechts als Kulturgut. Der Saxophonist und Jazz-Preisträger Peter Lehel war von dem experimentellen Konzept ebenfalls begeistert. So entstand eine Komposition für Klavier, Saxophon und Stimme, die in 19 Sequenzen die Grundwerte unseres Gemeinwesens verarbeitet. Das Stück bewegt sich an der Grenze zwischen Neuer Musik und freier Improvisation und schließt auch performative Elemente mit ein.

Darf man das Grundgesetz der Bundesrepublik Deutschland als Rohmaterial für musikalische Experimente deklarieren und in Disco-taugliche Sound-Texturen übersetzen? Darf man so frei sein, es in eine Pop-CD umzustricken? M. Arfmann, der Produzent von Jan Delay und den Absoluten Beginnern, hat für das Label Yeotone sechs Artikel des Grundgesetzes durch sein Mischpult gejagt. Ausgangspunkt für seine Lounge- und Disco-Adaption des Diskriminierungsverbots, des Artikels 12a, der die Wehrpflicht definiert, und seiner vier weiteren Tracks, bildete die Jazz-Komposition „Recht harmonisch" des Trios Thomas Bierling, Peter Lehel und Eva Weis. Die vorliegende Doppel-CD enthält sowohl die Original- als auch die Remix-Fassung.

### Dub'l G - Das Nähere regelt ein Bundesgesetz

Remixed by M. Arfmann

Doppel-CD mit der Originalaufnahme "Recht harmonisch – Das vertonte Grundgesetz" von Thomas Bierling, Eva Weis und Peter Lehel

EAN 4260116130022 / Best.-Nr. YT 07.001

ANNELIESE KNOOP-GRAF

# ...WEITERTRAGEN.

„Weitertragen, was wir begonnen haben" – dieses Vermächtnis ihres Bruders hat Anneliese Knoop-Graf zu ihrer Lebensaufgabe gemacht und bis ins hohe Alter verfolgt.

Willi Graf (1918-1943) gehörte zum Kern der studentischen Widerstandsgruppe „Weiße Rose". Nach der Verhaftung der Geschwister Scholl ist Anneliese Knoop-Graf am 18. Februar 1943 gemeinsam mit ihrem Bruder in München von der Gestapo inhaftiert worden. Willi Graf wurde von den Nazis ermordet, doch da sie über die Aktivitäten der "Weißen Rose" tatsächlich nicht informiert war, wurde sie wieder auf freien Fuß gesetzt.

„Weitertragen" war der Auftrag Willi Grafs an seine Schwester, dem sie sich durch eine umfangreiche Publikations- und Vortragstätigkeit über die Geschichte des Widerstands gegen den Nationalsozialismus gestellt hat. Bis kurz vor ihrem Tod hat sie unermüdlich Schulen und andere Bildungsstätten besucht und in ungezählten Vorträgen Zeugnis gegeben über die Weiße Rose und ihre Mitglieder. Eine ihrer wichtigsten Botschaften an die Schülerinnen und Schüler war dabei stets: „Ihr müsst lernen, 'nein' zu sagen!"

Der hier vorliegende Mitschnitt belegt als wertvolles Zeitdokument auf eindrucksvolle Weise die Energie und Klarheit, mit der Anneliese Knoop-Graf bis ins höchste Alter Erinnerungsarbeit betrieben hat, mehr als jede schriftliche Niederlegung ihrer Gedanken es vermögen würde. Damit können auch künftige Generationen die Intensität ihrer Vorträge noch aus erster Hand erleben.

"...weitertragen."

Anneliese Knoop-Graf

Live-Mitschnitt eines Vortrags am 2. Dezember 2006 in München
Vorwort von Peter Steinbach

ISBN 978-3-9811526-0-9 / Best.-Nr. YT 07.002

Die musikalische Antwort auf Eckart von Hirschhausen?

# Thomas Bierling

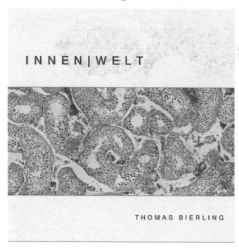

Leberwerte, Rhythmusstörungen, Freie Radikale oder der Body Mass Index – ab einem gewissen Alter wird man plötzlich mit Themen konfrontiert, die ein paar Jahre zuvor höchstens Anlass für Späße gewesen wären. Und so unternimmt Thomas Bierling mit „Innen|Welt" eine launige musikalische Reise in die Abgründe der Medizin, die ihn zu ganz erstaunlichen Jazz-Improvisationen und mutig-provokanten Grenzgängen in die klassische Musik inspirierten. Diagnose: Hörenswert!

Freie Improvisation gleicht einer Reise mit unbekanntem Ziel, das sich erst Schritt für Schritt herauskristallisiert – wenn es denn eines gibt. Es ist immer wieder ein Abenteuer, einfach loszuspielen und gleichsam aus dem Nichts nach und nach musikalische Strukturen mit ungewissem Ausgang zu entwickeln, ohne sich in Beliebigkeit oder reiner Klangmalerei zu verlieren. Ob vor Publikum oder den argwöhnisch lauschenden Mikrofonen des Studios, die jede noch so kleine Nuance erfassen, gleich einer Operation am offenen Herzen.

Mit Innen|Welt legt der Musiker noch eins nach: Reifer, geradezu akribisch, werden mit fast gar hintersinnigen Anspielungen Innenwelten ausgeleuchtet. Dezenter Groove, der sich nicht aufdrängt, vielmehr einlädt, sich auf die Tonspielereien und Andeutungen einzulassen und den zart hin getüpfelten, jedoch immer mitschwingenden und aufblitzenden Humor zu „erhören".

Einfühlsam und in gleicher Weise intelligent gelingt Thomas Bierling ein durch und durch „dichtes" Album, das auf dem legendären Steinway-Flügel der Bauer Studios in überragender Klangqualität aufgenommen wurde. Seine Improvisationen haben etwas Formelhaftes und legen den Hörer keinesfalls fest, im Gegenteil: Hier wird ausgelotet und wer sich darauf einlässt, hat seine pure Freude!

## INNEN|WELT

Thomas Bierling, Piano, Freie Improvisation

aufgenommen in den Bauer Studios, Ludwigsburg

Yeotone YT 12.003 /EAN 426011613016

# BLEU CIEL

## BOSSA-JAZZ À LA FRANÇAISE

Der poetische Name ist Programm: Bleu Ciel - Himmelblau - steht für sinnlich anspruchsvolle Texte und kunstvoll arrangierte, virtuose Kompositionen. Eigenkompositionen des Saxofonisten Gerd Pfeuffer mit „gewieften Arrangements...", ein melodiöser Mix aus „Piaf, brasilianischem Bossa-Nova und Jazz ...".

Die deutsch-französische Sängerin und Texterin der französischen Songtexte Lisa Zenner „... hat nicht nur eine wunderbare Stimme, sondern ist das Höchste in ihrem Fach - eine Entertalnerin...", so die Presse!

Musikalisch getragen werden die beiden Hauptakteure von den bekannten Karlsruher Musikern: Wolfgang Klockewitz (Fender-Rodes, Piano), Jan Götz (Bass) und Tobi Zeller (Schlagzeug), die sich mit zahlreichen eigenen Projekten in Süddeutschland einen Namen gemacht haben.

Die Band vereint die vitale Rhythmik des brasilianischen Bossa Nova mit der Melancholie des französischen Chansons und der Experimentierfreude, der stilistischen Vielfalt des Jazz. Die Mischung aus Spontaneität und Lebenslust, Kalkül und sorgfältige musikalische Durchzeichnung ist das unverkennbare Markenzeichen ihres eigenen, innovativen Stils.

Für weitere Informationen, besuchen Sie bitte die Homepage *www.lisa-zenner.de* zu diesem Produkt.


"BLEU CIEL" 2003

Lisa Zenner & Band

Erhältlich bei www.yeotone.com

# DIE WELT IST OPERETTE!

Arien und Duette von Strauss bis heute!

Mit „Die Welt ist Operette!" geht das neue Klassiklabel FIDELITAS an den Start.

Die aufwändige Produktion widmet sich einem oft vernachlässigten Genre, denn wer die Operette ob ihrer meist vordergründig erscheinenden amüsanten Handlung als die kleine Schwester der Oper schmäht, der verkennt die tieferen Bedeutungsebenen, die sich oft erst in Kenntnis des historischen Kontextes als gekonnte zeitkritische (und zeitlose) Gesellschaftssatiren offenbaren, die in geradezu kabarettistischem Gewand daherkommen.

Doch leider wurde die Operette im Laufe der Zeit zu einem harmlosen Vorläufer wein- und heimatseliger Musikantenstadl-Unterhaltung umgedeutet. Kein Wunder, daß Hochkultur und Kritik die Operette als Bastion spießig-reaktionärer Heiler-Welt-Romantik brandmarkten und rechts liegen ließen. Auf der CD finden sich viele der bekanntesten Arien und Duette der großen Operettenmeister wieder – Stücke von Strauss, Lehár, Kálmán, Millöcker, Zeller, Fall und Stolz, aber auch einige eher selten gespielte Perlen des Genres.

Kann man im 21. Jahrhundert noch eine Operette schreiben? Man kann nicht, man muss! Das meinen jedenfalls Thomas Bierling und Konstantin Schmidt, die zur Zeit an einer Operette über die badische Großherzogin Stéphanie de Beauharnais arbeiten, die als Adoptivtochter Napoleons mit dem badischen Herrscher verheiratet wurde und, wenn die Gerüchte denn stimmten, die Mutter des Kaspar Hauser wäre. Ein Duett dieser in Entstehung befindlichen Operette ist hier bereits aufgenommen worden. Denn in welcher anderen Kunstform als der Operette kann man solchen Vorgängen gerecht werden, die auch zweihundert Jahre später noch die Menschheit beschäftigen?

Solisten: Gabrielle Heidelberger, Sopran, Armin Kolarczyk, Bariton
Orchester: Donau Philharmonie Wien, Dirigent Manfred Müssauer

## DIE WELT IST OPERETTE!

Best.-Nr. FR 10.002 / EAN 4260116130107

Mit aufwändigem 40-seitigem Booklet.